Simone van der Vlugt
Emma – Die Zeit des schwarzen Schnees

cbt

Foto: © Lemniscaat

DIE AUTORIN

Simone van der Vlugt, geboren 1966, hat schon mit dreizehn Jahren angefangen zu schreiben. Nach ihrem Studium der Niederlandistik und Romanistik arbeitete sie zunächst als Lehrerin. Sie selbst sagt über sich, dass besonders die Geschichte sie zum Schreiben inspiriert.

Von Simone van der Vlugt ist bei cbt erschienen:
Amelie – Das Mädchen und der Pirat (30029)
Sandrine – Eine Liebe in den Zeiten der Revolution (30062)

Simone van der Vlugt

Emma –
Die Zeit des
schwarzen Schnees

Aus dem Niederländischen
von Eva Grambow

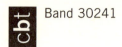

Band 30241   cbt – C. Bertelsmann Taschenbuch
Der Taschenbuchverlag für Jugendliche
Verlagsgruppe Random House

www.bertelsmann-jugendbuch.de

Die Übersetzung wurde gefördert von der
Stiftung für Produktion und Übersetzung
Niederländischer Literatur, Amsterdam

Umwelthinweis:
Alle bedruckten Materialien dieses Taschenbuches
sind chlorfrei und umweltschonend.

1. Auflage
Erstmals als cbt Taschenbuch März 2004
Gesetzt nach den Regeln der Rechtschreibreform
© 2000 by Lemniscaat b. v., Rotterdam
Die niederländische Originalausgabe erschien 2000
unter dem Titel »Zwarte sneeuw«
bei Lemniscaat b. v., Rotterdam
© 2001 der deutschsprachigen Ausgabe
C. Bertelsmann Jugendbuch Verlag, München
in der Verlagsgruppe Random House GmbH
Alle deutschsprachigen Rechte vorbehalten
Übersetzung: Eva Grambow
Lektorat: Eva Schweikart
Umschlagbilder:
Artothek, Weisenberg; Corbis, Düsseldorf
Umschlagkonzeption:
init.büro für gestaltung, Bielefeld
lf · Herstellung: IH
Satz: Uhl + Massopust, Aalen
Druck: Clausen & Bosse, Leck
ISBN 3-570-**30241**-5
Printed in Germany

Für meinen mutigen Schwiegervater

1

Süd-Limburg, 1845

Ein letztes Mal blickte Emma zurück – nicht nur über die Schulter, nein, sie wandte sich ganz um zu dem Gehöft mit den weiß gekalkten Mauern und dem Fachwerk aus geteerten Balken. Es war nur ein bescheidenes Anwesen mit schiefem Dach und einem Stückchen Land, unscheinbar im Vergleich zu den Gütern der reichen Bauern in der Umgebung. Und jetzt war auch noch aller Hausrat daraus verschwunden und die Ställe standen leer. Die wenigen Dinge, die sie hatten behalten dürfen, lagen in der Karre, die Papa vor sich herschob. Alles andere war fort.

Die Missernte hatte ganz Flandern und Süd-Limburg getroffen. Papa und die Jungen hatten den ganzen Kartoffelacker gerodet und nur einen einzigen Korb gerade noch genießbarer Kartoffeln aus dem Boden geholt. Was für den ganzen Winter gedacht gewesen war, hatte kaum einen Monat gereicht. Den Rest der Kartoffelernte hatten sie nur noch verbrennen können. Von diesem Augenblick an schien sich eine schwarze Wolke aus Kummer auf das kleine Anwesen gesenkt zu haben. Mama hatte Kopfweh bekommen von all dem Grübeln, Papa war trübsinnig und reizbar geworden.

Die Pacht hatten sie mit dem Ertrag der Webwaren bezahlt, an denen Emma, ihre Mutter und Sofie viele Stunden gearbeitet hatten, aber letztlich war es doch zu wenig gewesen. Die Fabriken in der Stadt lieferten dieselbe Menge viel schneller und billiger.

An einem sonnigen Herbstmorgen in der Woche zuvor, als Emma gerade auf dem Hof das Butterfass scheuerte, waren sie gekommen – der Grundherr und zwei Gerichtsdiener. Emma hatte gleich gewusst, dass es um die Pacht ging, und auch, dass sie wieder nicht bezahlen konnten. Doch dieses Mal hatte sich der Grundherr nicht mehr mit Versprechungen und flehentlichen Bitten begnügt.

Mama hatte Mayke auf dem Arm gehabt, Sofie mit dem Rücken an Emma gepresst gestanden, und so hatten sie zugesehen, wie alles, was noch Wert hatte, aus dem Haus getragen wurde. Ochse, Kuh und Ziege waren aus dem Stall geholt, Möbel, Melkeimer und Webrahmen herausgeschleppt worden. Ihr ganzer Besitz war auf einen Wagen geladen worden – nichts war ihnen geblieben. Nur gut, dass Papa erst später vom Feld zurückgekommen war, als der Wagen schon in den Hohlweg einbog. Für die Flüche und Drohungen, die er den Gerichtsdienern nachgeschleudert hatte, hätte er eingesperrt werden können.

»Wie soll ich ohne den Ochsen mein Land pflügen? Kann mir das einer sagen?«, hatte er geschrien und mit dem Holzschuh gegen den Türpfosten getreten. Am meisten aber hatte Emma seine tiefe Verzweiflung erschüttert. »Mein Gott, wie sollen wir nur den Winter überstehen? Wir haben nichts mehr, gar nichts!«

Der Pastor von Slenaken schließlich wusste einen Ausweg. »Ich könnte einen Brief an Dekan Quodbach schreiben«, hatte er nachdenklich gesagt. »Ich habe gehört, dass sie in Kerkrade Arbeiter für die Kohlengruben brauchen. Wäre das vielleicht etwas für euch?«

Emma hatte dabeigestanden. Das Gesicht ihres Vaters hatte sie nicht sehen können, denn er wandte ihr den Rücken zu, aber sie hatte bemerkt, wie sich seine Muskeln spannten.

›Sag Nein! Ich will hier nicht fort!‹, hatte sie ihn in Gedanken beschworen, die Augen fest auf seinen Rücken gerichtet, als könnte sie ihn mit ihrer Willenskraft zu einer Ablehnung zwingen.

Erst nach sehr langem Überlegen hatte ihr Vater geantwortet.

»Du hast kaum eine Wahl, Henk Mullenders«, hatte der Pastor gesagt. »Du kannst die Pacht für den nächsten Monat nicht bezahlen, du hast keine Vorräte für den Winter und du hast deinen ganzen Besitz verloren. Wie wollt ihr hier überleben?«

»Ich hatte so viele Pläne, so viele Träume…« Henk hatte den Blick durch die kahlen Räume schweifen lassen.

»Du bist nicht der Einzige. So viele sind von der Missernte betroffen… Und alle wurden sie aus ihren Häusern geworfen, alle suchen sie eine andere Arbeit.«

Emmas Vater hatte genickt.

»Schreiben Sie den Brief bitte, Herr Pastor«, hatte er tonlos gesagt.

»Komm, Em«, hörte Emma ihren Bruder Volkert mahnen.

Widerstrebend riss sie sich von ihrem Elternhaus los und bog in den Hohlweg ein, der beiderseits so hoch bewachsen war, dass sie die welligen Felder und den Hof nicht mehr sehen konnte. Vor ihnen ragte der Kirchturm von Slenaken aus dem herbstlichen Goldgelb der Bäume empor.

Schweigend gingen Bruder und Schwester nebeneinander her. Die anderen waren schon fast am Ende des Weges. Papa schob die Karre mit ihrer letzten kümmerlichen Habe vor sich her, der zehnjährige Tom ging nebenher und achtete darauf, dass die Karre in der schlammigen Wagenspur blieb. Die dreijährige Mayke und die achtjährige Sofie gingen still an der Hand der Mutter, als verstünden sie nicht, was eigentlich geschah.

Emma schluckte ihre Tränen herunter. *Sie* verstand sehr wohl: Niemals würden sie zurückkehren. Auch wenn sie es schon eine Weile hatte kommen sehen: Es war dennoch schwer, endgültig Abschied von dem Haus zu nehmen, in dem man geboren worden war, und von dem Land, auf dem man gespielt und gearbeitet hatte. Emmas Mutter Annekatrien blieb stehen, um auf ihre beiden Ältesten zu warten. Sie war im siebten Monat schwanger – ein Grund mehr, schnell fortzuziehen und ein neues Unterkommen zu suchen. Bald würde der Winter kommen und mit ihm das Baby und dann würden sie nirgends mehr Zuflucht finden.

»Mama, nimmst du mich auf den Arm?«, quengelte Mayke.

»Aber Mayke! Mama kann dich doch nicht tragen!«, versuchte Volkert ihr gut zuzureden, doch Annekatrien nickte ihrem Ältesten besänftigend zu und hob Mayke hoch.

»Es geht schon.«

Etwas langsamer ging sie mit ihrer schweren Last den Hohlweg hinab.

Volkert schüttelte den Kopf. »Mama, du bist viel zu nachgiebig mit dem kleinen Volk, besonders mit Mayke. Wenn du nicht aufpasst, wird sie eine Heulsuse. Sie fängt ja schon an zu schreien, wenn es mal nicht nach ihrem Kopf geht.«

Der Vater schaute sich um. »Lass das Kind doch selber gehen!«, sagte er zu seiner Frau.

»Sie ist erst drei, Henk.«

»Eben! Das heißt, dass sie schon seit zwei Jahren allein laufen kann!«

Mit wenigen großen Schritten war er bei ihnen und stellte Mayke energisch auf die eigenen Beine.

»Jetzt wird gelaufen und nicht mehr geheult! Vorwärts!«, schimpfte er.

Mayke ging an der Hand ihrer Mutter und weinte so laut, dass Henk sich immer wieder ärgerlich umdrehte.

Der Hohlweg führte geradewegs nach Slenaken, doch vor dem Ort bogen sie links ab. Der Pfad, dem sie nun folgten, lief durch wellige Wiesen und Felder, hier und da stand ein Kruzifix oder eine kleine Kapelle am Wegrand.

Der Weg begann zu steigen und nach einer Weile sagte Sofie: »Ich bin so müde. Nimmst du mich auf den Rücken, Papa?«

Henk gab keine Antwort. Er brauchte seine ganze Aufmerksamkeit, um die Karre zwischen Kuhlen und Steinen hindurchzulenken.

»Papa!«, sagte Sofie mit Nachdruck. »Darf ich auf deinen Rücken?«

Am Zucken seiner Mundwinkel merkte Emma, dass ein Wutausbruch bevorstand. Schnell gab sie Sofie einen Rippenstoß. »Hör auf! Du siehst doch, dass Papa es schon schwer genug hat!«

»Aber ich bin so müde! Ich will nach Hause!« Sofie begann zu weinen.

»Wir gehen weiter! Vorwärts, du bist doch kein kleines Kind mehr!«, wetterte der Vater.

Mayke, die gerade mit Jammern aufgehört hatte, schrak auf und stimmte in Sofies Weinen ein. Als auch noch Toms

Augen verdächtig feucht wurden, sagte Annekatrien: »Ich möchte hier beten«, und blieb bei einer kleinen Marienkapelle am Landweg stehen.

Henk betrachtete das müde Gesicht seiner Frau und nickte.

Annekatrien betrat die Kapelle, ging vor dem Marienbild auf die Knie und senkte den Kopf. Draußen ließen sich die Kinder am Feldrand ins Gras fallen, nur Emma ging mit in die Kapelle. Sie kniete in der Bank nieder und betete einige »Gegrüßet seiest du, Maria«. Als sie geendet hatte, schaute sie zu ihrer Mutter hinüber. Annekatrien betete lange und andächtig, mit einer Glaubenskraft, die Emma fremd war. Dennoch sah sie ihre Mutter gern so beten. Es gab ihr ein Gefühl von Sicherheit, als könnten die inbrünstigen Gebete und das Gottvertrauen der Mutter sie alle sieben beschützen. Sie selbst verstand nicht viel von Gottes Wegen, die der Pastor immer »unergründlich« nannte. Sie empfand eher Angst vor dieser Unergründlichkeit, als dass sie daraus Trost hätte schöpfen können. Aber ihre Mutter schien anders darüber zu denken, also bestand vielleicht noch Hoffnung.

Annekatrien schlug ein Kreuz und erhob sich. Auch Emma machte schnell ihr Kreuzzeichen und folgte der Mutter ins Freie.

»Wann sind wir in Kerkrade, Mama?«, fragte Sofie, als sie ihre Mutter sah. »Heute Nachmittag?«

»Das glaube ich nicht, Liebes.«

»Heute Abend?«

»Gut zwei Tage sind wir unterwegs, Sofie«, sagte Tom ungeduldig, »das hat Papa doch gesagt, bevor wir losgegangen sind!«

Sofies Miene verdüsterte sich; sie sagte nichts mehr, als sie weitergingen.

Von dem hoch gelegenen Pfad schauten sie in ein Tal hinab, durch das sich ein glitzernder Bach schlängelte. Unten angekommen, überquerten sie das Wasser auf einer baufälligen kleinen Holzbrücke. Hin und wieder kamen sie an einem abgelegenen Bauernhof vorüber, misstrauische Blicke folgten ihnen. Emma sah, dass ihre Mutter rot wurde, und auch sie selbst war empört. Sie waren doch keine Diebe oder Bettler! Heute Morgen, ehe sie losgegangen waren, hatte sie noch den Ertrag ihrer Webarbeiten im Dorfladen von Slenaken abgeholt.

Emma fühlte nach dem Beutelchen unter ihren Röcken. Viel war nicht darin, aber immerhin konnten sie unterwegs ein wenig Essen davon kaufen. Wenn sie nur einmal am Tag etwas aßen, würde es gerade bis Kerkrade reichen. Kurz vor dem Dorf Schweiberg tauchte der Wald auf, dunkel und unheimlich.

»Gibt's hier Wölfe?«, fragte Sofie mit zitternder Stimme.

»Natürlich nicht«, beruhigte Volkert sie. »Und wenn, dann jag ich sie weg.«

»Was du nicht sagst«, meinte Tom geringschätzig, »das geht doch gar nicht, Wölfe wegjagen, oder, Papa?«

»Über Wölfe mache ich mir keine Sorgen«, sagte Henk.

Emma merkte, dass die Eltern einen Blick tauschten, und wurde unruhig. Der Pfad wurde schmaler und sie spürte, wie Sofie ihre Hand umklammerte. Der Wald war dunkel und feucht, mit verkrüppelten Bäumen und hohen Farnen. Am Wegrand standen vermodernde Pilze und die Laubschicht auf dem Waldboden war schwarz und modrig. So lange wie möglich gingen sie neben dem Pfad, damit ihnen die schlammige Brühe nicht in die Holzschuhe schwappte. Keiner sagte etwas. Eine Krähe flog krächzend auf und irgendwo knackte ein toter Ast.

Sofie umklammerte Emmas Hand noch fester. Eigentlich

traute sich Emma selbst nicht so recht weiterzugehen. Dieser Wald schloss einen ein, drohte mit tausend Gefahren.

Sie spähte zwischen den Farnen und den eng stehenden Baumstämmen hindurch. Hatte sich da vorn nicht eben etwas auf dem Pfad bewegt? Sie runzelte die Stirn und schaute noch einmal genau hin. Nichts zu sehen. Und doch war ihr, als sei dort jemand gegangen.

»Papa!«, sagte sie warnend.

Henk schaute sich um.

»Ich glaube, ich hab da jemanden gesehen! Da, auf dem Weg!«

Der Pfad führte unter dichten Bäumen entlang und obwohl sie schon viel Herbstlaub abgeworfen hatten, war es dunkel.

»Ich sehe nichts«, sagte Henk.

»Vielleicht war es ein Hirsch, aber irgendwas hat sich da bewegt.«

»Ein Wegelagerer«, sagte Tom.

Annekatrien schaute beunruhigt zu ihrem Mann hinüber.

»Es wird wohl tatsächlich ein Hirsch gewesen sein«, sagte Henk, aber als sie weitergingen, blickte er wachsam um sich. Volkert bückte sich und hob einen kräftigen Ast auf. Auch Tom suchte sich sofort einen Knüppel.

Sie betraten jetzt den schmalen, dunklen Teil des Pfades. Kein Zweiglein knackte, nichts deutete auf eine nahende Gefahr hin und dennoch fühlte Emma ihr Herz klopfen. Aber nichts geschah. Sie folgten einer Wegbiegung, dann wurde es wieder heller. Emma atmete erleichtert auf. Doch dann, als es keiner von ihnen mehr erwartete, sprang eine Gestalt aus dem Buschwerk. Ein Messer blitzte und ein Mann in abgerissener Kleidung baute sich drohend vor ihnen auf. Sträucher knackten und ein zweiter Mann mit einem Knüppel in der Hand trat hervor.

Henk blieb sofort stehen. Annekatrien zog Sofie schnell hinter sich und Emma machte einen Schritt auf Volkert zu.

»Geld her!«, schnauzte der Mann mit dem Messer. »Aber schnell!«

Dabei fuchtelte er dicht vor Maykes Gesicht mit dem Messer herum. Henk bewegte sich vorsichtig an der Karre entlang.

»Stehen bleiben! Geld her oder der Kleinen fehlt gleich ein Auge!«

Der Mann hielt das Messer auf Maykes Gesicht gerichtet.

»Wir haben kein Geld!« Henks Stimme klang heiser.

»Gebt es auf! Ich warne euch nicht noch mal!«

»Warum sollten wir mit unseren Habseligkeiten durch die Gegend ziehen, wenn wir Geld hätten?«, fragte Henk, den Blick starr auf das Messer gerichtet.

Der Mann nickte seinem Spießgesellen zu, der seine große Hand frech über Annekatriens Körper gleiten ließ. Sie schrie auf. Henks Augen blitzten vor Wut, doch das Messer war noch immer auf Mayke gerichtet.

»Röcke hoch, Frau! Lass sehen, was du darunter versteckst!«, grinste der Mann.

Und als Annekatrien nicht schnell genug war, zerrte er selbst ihren Rock hoch und fasste ihr grob zwischen die Beine. Gelähmt vor Angst stand Emma neben der Mutter. Das Beutelchen mit den Münzen unter ihrem eigenen Rock brannte ihr förmlich auf der Haut. Im gleichen Augenblick stürzte sich Volkert mit einem Schrei auf den Räuber, der seine Mutter bedrängte. Völlig überrascht ging der Mann unter ihm zu Boden. Volkert wand ihm den Knüppel aus der Hand und schwang ihn drohend.

»Volkert! Hör auf!«, schrie Henk.

Blass vor Wut, schaute Volkert auf. Der Mann mit dem Messer hielt Mayke die Klinge an die Kehle.

»Lass sie los! Emma, gib das Geld heraus!« Henks Stimme war kaum wieder zu erkennen.

Emma versteckte sich hinter Volkert, schürzte den Rock ein wenig und nestelte das Geldbeutelchen los. Ihre Hände zitterten und sie hätte heulen mögen, als sie das Geld klingeln hörte. So viele Stunden Arbeit! Der Beutel wurde ihr aus der Hand gerissen und dann waren die Strauchdiebe auch schon im Rostbraun und Goldgelb des Waldes verschwunden.

Weinend warf sich Mayke ihrer Mutter in die Arme.

»Los, Papa! Tom! Wir verfolgen sie! Zu dritt werden wir mit ihnen fertig!«, rief Volkert aufgeregt.

Henk kämpfte mit sich. Mit zusammengekniffenen Augen fixierte er die Stelle, wo die beiden Räuber im Wald verschwunden waren.

»Henk!«, sagte Annekatrien warnend.

Ihr Mann wandte sich zu ihr um. »Das war unser letztes Geld, Annekatrien! Wir brauchen es!«

»Was ich brauche, seid ihr – du und die Jungen! Die beiden haben ein Messer, ihr nicht!«, sagte Annekatrien heftig.

Brüsk drehte Henk sich um, packte die Karre und stapfte mit so großen, zornigen Schritten davon, dass er schon bald einen Vorsprung hatte. Nach einer Weile blieb er stehen und wartete mit einer wahren Gewittermiene, bis seine Familie ihn eingeholt hatte.

»Ich könnte ihnen den Hals umdrehen!«, schrie er in ohnmächtiger Wut.

»Du hast das einzig Richtige getan«, sagte seine Frau leise. »Du konntest doch nicht die Kinder in Gefahr bringen!«

»Was soll ich bloß machen? Wie soll ich für sie sorgen?«, brach es aus Henk heraus. »Ich hatte so viele Pläne! Ich wollte alles ganz anders machen als mein Vater! Stattdessen

mussten wir unseren Hof verlassen und jetzt ziehen wir wie
Bettler durchs Land!«

»Gott wird uns helfen«, meinte Annekatrien.

»Darauf würde ich mich nicht unbedingt verlassen!«,
sagte Henk.

Noch niedergeschlagener als zuvor gingen sie weiter.
Emma musste gegen ihre Verzweiflung ankämpfen. Ihr letztes Geld! Ihr allerletztes Geld! Wovon sollten sie jetzt leben? Wovon Essen kaufen? Und was sollten sie ohne einen
Cent in Kerkrade anfangen? Ihr Hals schmerzte von zu-
rückgedrängten Tränen und als sie zu ihrer Mutter hinüber-
schaute, sah sie, dass es ihr auch nicht besser ging.

Der Pfad wand sich durch den Wald aufwärts, aber nach
einer Weile lichteten sich die Bäume und sie sahen das
Geultal vor sich. Die Sonne brach durch und ließ den Bach
im Tal glitzern.

»Guckt mal!« Sofie streckte die Hand aus, als sie den
Hang hinabstiegen. »Da ist genauso ein Bauernhaus wie
unseres.«

Überall waren Gehöfte wie das ihre. Die ganze Strecke
nach Mechelen lagen sie wie Perlen auf einer Schnur aufge-
reiht: weiße Fachwerkhöfe, die einen größer, die anderen
kleiner. Ein Mädchen in Emmas Alter betrat mit einem
Melkeimer den Hof und blickte zu ihnen herüber.

Erhobenen Hauptes ging Emma vorbei. Verstohlen
schaute sie zu ihrer Mutter hin, die in steifer Haltung weiterging und die Höfe keines Blickes würdigte. Aus den
Backhäusern kamen köstliche Düfte.

»Ich hab Hunger«, seufzte Tom.

Sie hatten alle Hunger. So schnell wie möglich ließen sie
Mechelen hinter sich.

Es wurde ein langer Tag. Sofie und Tom nörgelten und
blieben abwechselnd zurück, sodass die anderen auf sie war-

ten mussten. Mayke stolperte über die eigenen Füße, wurde immer störrischer und weigerte sich schließlich, auch nur einen einzigen Schritt weiterzugehen. Henk setzte sie in die Karre, die er nun bergan schob. Der Schweiß rann ihm in den Kragen. Von Mechelen aus gingen sie nach Nijswiller, über sandige Wege und manchmal quer über die Felder. Sie gingen, bis es dunkel wurde, und durften nach einigem Bitten und Drängen auf dem Heuboden eines Bauern schlafen. Henk machte ein Kreuzzeichen auf die Stirn seiner Kinder, dann legten sie sich eng aneinander geschmiegt schlafen.

Es regnete die ganze Nacht. Emma lauschte dem Prasseln auf dem schrägen Dach, dankbar, dass sie nicht im Freien schlafen mussten. Die Erinnerung an den vertrauten Dachboden auf dem eigenen Hof verdrängte sie mit aller Kraft. Stattdessen dachte sie an den traurigen, düsteren Raum mit dem erloschenen Herd und dem leeren Vorratsschrank.

Nagender Hunger quälte sie. Sie drückte sich die Faust in die Magengrube und schloss die Augen. Schon öfter hatte sie einen Tag lang wenig zu essen gehabt, doch noch nie einen ganzen Tag nichts. In Kerkrade werden wir es besser haben, dachte Emma und kuschelte sich eng an Sofie.

Am nächsten Morgen brachen sie auf, sobald sie wach waren. Die Bäuerin steckte ihnen ein Stück Brot zu, das, durch sieben geteilt, den Hunger kaum länger als eine Stunde stillte, aber sie waren dennoch dankbar, vor allem, weil auch hier die Kartoffelernte verdorben war. Annekatrien wies mit einem Kopfnicken zum Obstgarten hinüber. Die abgeernteten Obstbäume tropften noch ein wenig vom nächtlichen Regen. »Hier gibt es Obstbäume. Das hilft ihnen über den Winter. Hätten wir Obstbäume gehabt ...«

»Aber wir hatten keine«, fiel Henk ihr ins Wort. »Komm, gehen wir weiter.«

Nach einem letzten Schluck Wasser aus der Pumpe verließen sie den Hof. In der Luft hing ein grauer Dunstschleier, doch nach einer Weile brach schimmernd die Sonne durch. Der Morgennebel lichtete sich und rosa Streifen färbten den Himmel. Das zarte Sonnenlicht tauchte Weiden und Felder in rötliche Glut und die ganze Umgebung schien plötzlich goldene Funken zu sprühen. Henk blieb stehen.

»›Arme-Leute-Gold‹«, sagte er langsam. »So hat es mein Vater immer genannt, wenn die Sonne auf sein Feld schien. Dann fühlte er sich wie der reichste Mann der Welt. ›Dieses Gold gehört allen‹, sagte er, ›reicher kann man nicht werden.‹«

Er schüttelte den Kopf. Als er weiterging, schien sein Gesicht nur noch aus Falten zu bestehen.

2

Hinter dem höchsten Hügel lag ein großer Bauernhof. Die oberen Hälften der Stalltüren standen offen und der Dunst der Kühe drang heraus. Unwillkürlich blieben die Mullenders am Rand des Anwesens stehen. Der Hunger hatte sich wieder gemeldet.

»Hier haben sie bestimmt etwas warme Milch oder Käse für uns. Ich werde mal fragen«, sagte Volkert.

Die große Hand des Vaters hielt ihn zurück.

»Du fragst gar nichts. Lass deine Mutter gehen.«

»Ich geh doch nicht betteln!« Annekatriens Augen blitzten wütend zu ihrem Mann hinüber.

»Wir müssen schließlich essen. Nimm Mayke auf den Arm und Sofie an die Hand. Um Essen zu bitten, ist nicht so beschämend wie stehlen«, beharrte Henk. Widerwillig betrat Annekatrien mit ihren beiden Jüngsten den Hof. Die anderen sahen sie an die Stalltür klopfen und dann mit Mayke und Sofie hineingehen.

»Mama findet es schrecklich«, sagte Emma leise.

Ihr Vater reagierte nicht.

20

Es dauerte eine Weile, bis Annekatrien und die Kinder wiederkamen. Sofie hielt ein Stück Käse in den Händen und Mayke kaute an einer Brotrinde.

»Wir haben Milch getrunken«, berichtete Sofie, »warme Milch. Der Bauer hatte gerade gemolken.«

»Und was ist mit uns?«, fragte Tom entrüstet.

»Wären wir alle auf den Hof gegangen, hätte der Bauer uns davongejagt«, sagte sein Vater. »Jetzt haben wir zumindest ein Stück Käse. Und Mutter und die Mädchen haben Milch getrunken.«

»Ich hab auch Durst«, klagte Tom.

»Dann trinkst du nachher aus dem Bach«, sagte Henk und seine Stimme ließ nichts Gutes ahnen, sodass Tom nicht weiterquengelte.

Als sie Simpelveld erreichten, erwachte der Ort gerade zum Leben. Händler sperrten ihre Ladentüren auf und Frauen holten Wasser von der Dorfpumpe. Kinder liefen mit klappernden Holzschuhen um die Kirche herum zur Schule, aus der lautes Klingeln schallte. Sehnsüchtig schaute Emma zu den Kindern hinüber, von denen manche unwillig das Schulhaus betraten. Könnte sie doch mit ihnen tauschen! Auf einem dieser Höfe wohnen, morgens beim Melken helfen und dann zur Schule eilen. So hatte ihr Leben auch eine Weile ausgesehen – bis Papa sie von der Schule genommen hatte. Der Lehrer war extra zu ihnen nach Hause gekommen und hatte bedauert, dass seine beste Schülerin auf dem Feld helfen musste.

»Ich brauche sie zu Hause«, hatte der Vater erwidert. »Und das Schulgeld kann ich auch nicht mehr aufbringen. Für die Jungen nicht und für ein Mädchen schon gar nicht.«

Volkert und Tom hatten es nicht so schlimm gefunden, nicht mehr zur Schule zu gehen. Sie waren froh gewesen, keine Prügel mehr zu bekommen oder mit der Eselsmütze in der Ecke stehen zu müssen. Emma jedoch hatte noch eine ganze Weile in einem alten Schulbuch weitergelernt, bis es ihr zu schwierig wurde. Da hatte sie aufgegeben.

Emma blickte noch einmal zu dem kleinen Schulhaus zurück. Die letzten Schüler gingen hinein und der Lehrer schloss gerade die Tür. Sie seufzte und folgte den anderen. Vielleicht... wenn Papa in Kerkrade Arbeit bekäme...

Hinter dem Dorf begann der Weg stark zu steigen. Emmas Beine wurden schwer. Gern hätte sie sich kurz in das rotbraune Laub am Weg gesetzt, sich an einen Baum gelehnt und nur in die Luft geschaut, hinauf zu den weißen Wolkenfächern am blauen Himmel. Gern hätte sie die Sonne auf ihrem Gesicht gespürt und sich vorgestellt, unter dem Baum hinter ihrem Hof zu sitzen. Sie kamen nur langsam voran an diesem Morgen. Annekatrien hatte Mühe mit dem steilen Weg, Sofie und Tom stritten sich und Henk verbrauchte seine Energie, indem er sie böse anfuhr oder Ohrfeigen austeilte.

Gegen Mittag schoben sich dunkle Wolken vor die Sonne und kurz darauf fielen die ersten Tropfen. Bald hingen die Regenschleier so tief, dass man kaum noch erkannte, wo das Land aufhörte und der Himmel begann.

»Mama, ich frier so!« Sofie strich sich das nasse Haar aus dem Gesicht. »Und ich hab so Hunger.«

Annekatrien reagierte nicht.

»Mama, ich hab so Hunger!«, wiederholte Sofie.

»Wir haben nichts zu essen«, sagte Emma. »Sei brav, Sofie, geh weiter!«

»Ich kann nicht mehr. Meine Beine sind ganz komisch. Die zittern! Trägst du mich, Emma?« Sofie streckte die Arme in die Höhe.

»Das geht nicht. Meine Beine zittern auch. Wir haben alle Hunger, Sofie. Los jetzt, geh weiter. Und zerr nicht so an meinem Arm!«, sagte Emma.

»Wir sind bald in Kerkrade«, tröstete Annekatrien. »Vielleicht können wir bei der Kirche fragen, ob wir was zu essen bekommen.«

»Das haben wir weiß Gott verdient! Schließlich gehen wir jeden Sonntag zur Messe«, brummte Henk.

Endlich erreichten sie Spekholzerheide, einen Weiler in der Nähe von Kerkrade.

Bleich vor Erschöpfung und Hunger bogen sie in die Dorfstraße ein. Die Leute warfen ihnen misstrauische Blicke zu. Der Bäcker stand mit verschränkten Armen in der Tür. Emma fühlte den Hunger nagen. Im Vorübergehen schaute sie zu dem Bäcker hin, doch ein einziger Blick auf sein Gesicht sagte ihr, dass sie hier nichts zu erwarten hatten.

So schnell, wie sie in das Dorf hineingekommen waren, hatten sie es wieder verlassen. Es lag bereits hinter ihnen, als sie Volkert vermissten.

»Gerade, als wir durchs Dorf gingen, war er noch da!«, sagte Tom erstaunt.

»Sollen wir umkehren?«, schlug Annekatrien ihrem Mann vor.

»Nein, wir warten hier.« Henk deutete zu der Karrenspur, die in die Heide führte. »Der Junge wird gleich kommen.«

Es klang, als wisse er ganz genau, wo Volkert steckte. Annekatrien zögerte. Noch einmal schaute sie zum Dorf hinüber und murmelte: »Wenn er nur keine Dummheiten macht...«

Froh über die unerwartete Rast, ließen sich die Kinder neben der Karrenspur fallen. Es hatte aufgehört zu regnen; die Sonne brach durch und wärmte sie ein wenig. Sofie warf ihre zu kleinen Holzschuhe von sich und rieb sich die schmerzenden Füße.

»Das darfst du nicht, nachher kriegst du sie nicht wieder an«, wies Emma sie zurecht.

»Ich zieh sie auch nicht mehr an. Sie tun mir weh.«

»Behalt deine Klompen an, Sofie«, sagte Annekatrien.

»Ich will in den Karren. Kann Mayke jetzt nicht ein Stück laufen? Sie sitzt schon den ganzen Vormittag drin«, nörgelte Sofie.

»Mayke ist viel klciner als du«, erklärte die Mutter.

Sofie sagte nichts mehr. Blicklos starrte sie über die Heide.

»Ich will nach Hause«, flüsterte sie.

Nur Emma hörte es. Sie legte den Arm um die Schultern der kleinen Schwester und redete ihr gut zu: »In Kerkrade bekommen wir ein neues Haus. Und dann hat Papa auch wieder Arbeit. Dann kriegen wir wieder Zucker in unseren Brei!«

»Da kommt Volkert!«, rief Tom plötzlich.

Sie schauten den Landweg hinab, wo Volkert wie ein Besessener angerannt kam. Er hatte etwas unter den Arm geklemmt.

»Der Bengel hat was gestohlen«, sagte Henk, aber seine Stimme klang eher hoffnungsvoll als böse.

»Das ist doch wohl nicht möglich!«, meinte Annekatrien ungläubig.

Als Volkert keuchend ankam, standen sie alle.

»Brot! Volkert hat ein Brot!«, rief Mayke aufgeregt.

»Hast du das gestohlen?«, fragte Sofie mit großen Augen.

»Gib mir ein Stück!« Tom versuchte, seinem Bruder das Brot zu entwinden.

»Ruhe!«, gebot Henk scharf. »Volkert, wie kommst du zu dem Brot?«

»Hab ich gekriegt«, sagte Volkert immer noch keuchend.

Annekatrien blickte zweifelnd drein. »Gekriegt? Und warum rennst du dann so?«

»Weil ich Hunger hab! Ich will essen!«

Annekatrien sah ihn schweigend an.

»Komm, Mama, verteil schon!«, drängte Volkert.

Annekatriens Blick wanderte zwischen ihrem Sohn und dem Brot hin und her. Dann plötzlich entschloss sie sich und teilte das Brot in sieben Stücke. Tom riss ihr seinen Teil fast aus der Hand und auch die anderen waren froh, dass sie keine weiteren Fragen stellte. Als sie gegessen hatten und ihren Marsch fortsetzten, war die Stimmung nicht mehr ganz so gedrückt.

Henk ging mit Volkert und Emma voraus und schob die Karre den Hügel hinauf.

»Wie bist du zu dem Brot gekommen?«, fragte er streng.

Volkert warf einen vorsichtig einschätzenden Blick zu seinem Vater hinüber und sah sich dann über die Schulter nach Annekatrien um, die auf die trödelnde Sofie wartete.

»Der Bäcker hat es nicht mal bemerkt, Papa. Er war so damit beschäftigt, euch zu beobachten, dass er gar nicht mitgekriegt hat, wie ich durch die Seitengasse zur Rückseite der Bäckerei geschlichen bin. Ich konnte einfach eins vom Backblech nehmen.«

»Volkert!«, sagte Emma tadelnd.

»Ja, du bist ein Dummkopf«, bestätigte Henk. »Zwei hättest du nehmen sollen!«

Am Nachmittag erreichten sie Kerkrade, ein ruhiges Dorf mit einer Kirche, ein paar Straßen und einem Marktplatz.

»Und jetzt?«, fragte Volkert und schaute sich um.

»Zum Dekan«, sagte sein Vater. »Ich hab ja einen Brief von unserem Pastor aus Slenaken dabei.«

Er betrachtete den Kirchturm, der in den bewölkten Himmel ragte, und ging dann voran. Das Portal der Sankt-Lambertus-Kirche stand offen. Drinnen zog Weihrauchduft um die Säulen. Weiter hinten im Kirchenraum setzte ein Mann neue Kerzen in die Leuchter. Als er Geräusche hinter sich hörte, drehte er sich um.

»Guten Tag, liebe Leute. Kann ich euch behilflich sein?«

»Wir suchen Dekan Quodbach«, erklärte Henk. »Wir haben einen Brief für ihn.«

»Ich bin Jean Jozef Deutz, der Küster. Dekan Quodbach ist im Moment nicht da. Gebt den Brief ruhig mir. Ich werde dafür sorgen, dass er ihn bekommt.«

Henk machte keine Anstalten, den kostbaren Brief aus seinem Kittel hervorzuholen.

»Ich würde ihn lieber selbst übergeben. Können Sie uns sagen, wo der Herr Dekan wohnt?«

»Er hat im Pfarrhaus zu tun«, sagte der Küster. »Ah, da kommt er gerade.«

Ein Mann mit grauem Backenbart kam durch den Mittelgang auf sie zu.

»Guten Tag!«, grüßte er.

»Hochwürden, diese Leute haben einen Brief für Sie«, sagte Küster Deutz.

Dekan Quodbach sah sie freundlich-abwartend an. Henk machte keine großen Worte. Er holte den Brief hervor und händigte ihn dem Dekan aus.

Der Geistliche las ihn und blickte dann auf.

»Ihr kommt also aus Slenaken.«

»Ja, Hochwürden. Wir wurden von unserem Hof vertrieben, weil wir die Pacht nicht mehr bezahlen konnten. Aber wir können alle gut zupacken und hoffen, hier Arbeit zu finden.«

»Im Bergwerk?«

Henk nickte.

Dekan Quodbach warf einen Blick auf den Brief in seiner Hand.

»Euer Pastor lobt euch sehr.«

Emma merkte, wie angespannt ihr Vater den Dekan beobachtete. Am liebsten hätte sie dem Geistlichen zugerufen,

26

dass er ihnen einfach helfen *musste*, dass er sie nicht zurückschicken durfte. Denn was sollten sie dann machen?

»Arbeit gibt es hier schon«, sagte der Dekan schließlich. »Ich werde euch einen Brief für den Steiger mitgeben, dann wird es schon klappen. Aber ihr braucht auch ein Unterkommen.« Er runzelte die Stirn.

»Am Einderweg steht ein Häuschen leer«, warf der Küster ein.

Der Dekan nickte nachdenklich.

»Ja. Ich muss zwar noch Bürgermeister Vaessen fragen, aber wir haben kürzlich erst über das Haus gesprochen. Es ist nicht gut, dass es leer steht, also nehme ich an, dass ihr dort wohnen könnt. Das Einzige, was ihr tun müsst, ist ordentlich zupacken. Wenn der Steiger euch nimmt, müsst ihr zusehen, dass ihr die Arbeit behaltet. Kommt, ich bringe euch zum Einderweg.«

Sie nahmen ihre Habseligkeiten und folgten dem Dekan. Auf dem Weg schauten sie sich in ihrem neuen Wohnort um. Groß war er nicht, selbst der Markt war kaum belebt.

Der Einderweg lag am Rand des Dorfes. Von hier aus sah man ins offene Gelände, hinüber zu einer schwarzen, scharfzackigen Abraumhalde, neben der sich ein hoher Holzturm erhob. Der schmale, abfallende Einderweg war voller Leben: Frauen wuschen die Wäsche in Holzbottichen und Kinder spielten Versteck. Als sie die Neuankömmlinge sahen, rannten sie neugierig hinter ihnen her. Die Frauen richteten sich auf und musterten die Mullenders, während sie den Dekan ehrerbietig grüßten. Der grüßte zurück und sagte ein paar freundliche Worte zu den spielenden Kindern. Vor einem Häuschen, das nur von den Wänden der Nachbarhäuser aufrecht gehalten wurde, blieb er stehen.

»Hier ist es.«

Schweigend folgten sie dem Dekan ins Haus und schauten sich um. Sie standen in einem schmutzigen Raum mit einem wackligen Klapptisch, ein paar Holzstühlen mit Sitzen aus Strohgeflecht und einem wurmstichigen Schrank. Ein Teil des Raumes wurde von einer Feuerstelle und einem verrosteten Ofen eingenommen. Trübes Licht fiel durch die staubigen Fensterscheiben herein. In einer Ecke führte eine Holztreppe nach oben. Volkert stieg sofort hinauf, Emma folgte ihm. Oben waren zwei recht dunkle Zimmer. Das Dach war undicht: An manchen Stellen war der Holzfußboden ganz nass. Aber es standen Betten da, aus Brettern roh zusammengezimmert, Betten mit Strohsäcken.

»Wer hier wohl gewohnt hat?«, überlegte Volkert.

Emma wischte eine dicke schwarze Staubschicht von der Bettkante.

»Bergleute«, sagte sie.

Sie hörte, wie sich Dekan Quodbach unten verabschiedete.

»Geh sofort zum Bergwerk, dann kannst du wahrscheinlich schon morgen anfangen«, riet er Henk. »Frag nach Herrn Boeskens, dem Steiger.«

Sobald er fort war, folgte Henk seinem Rat und ging den Einderweg hinunter zum hölzernen Turm des Bergwerks.

Der Nachmittag verging mit allerlei Arbeiten. Emma und Sofie holten Wasser von der Pumpe auf dem Dorfplatz und schrubbten zusammen mit der Mutter das Häuschen sauber. Überall war feiner, schwarzer Kohlenstaub. Wie ein Schleier lag er auf den Fenstern und stäubte auf, sobald man sich bewegte. Sie brauchten den ganzen Nachmittag, um das Häuschen davon zu befreien. Als sie fertig waren, war Annekatrien so bleich, dass Emma das Bett für sie herrichtete, damit sie sich ausruhen konnte. Annekatrien wollte gerade hinaufgehen, als die Tür aufging und eine Frau mit unordentlich hochgestecktem Haar eintrat.

»Ich hab gehört, ihr wollt im Bergwerk arbeiten«, sagte sie. »Ich bin Nelleke und wohne nebenan. Woher kommt ihr? Ihr habt nicht viel mitgebracht, scheint mir.«

»Wir sind zu Fuß aus Slenaken gekommen«, gab Emma Auskunft.

»Aus Slenaken? So weit? Und deine Mutter mit ihrem dicken Bauch, du meine Güte!« Nelleke schaute ehrlich erschrocken zu Annekatrien hinüber und plötzlich fand Emma sie nett.

»Wir mussten von unserem Hof weg und…«, begann sie, aber ihre Mutter unterbrach sie.

»Es tut mir Leid, Nelleke, aber ich wollte mich gerade hinlegen.«

»Tu das«, ermunterte Nelleke sie. »Du siehst aus, als könntest du Ruhe gebrauchen.«

Annekatrien ging zur Treppe.

»Halt!«, rief Nelleke.

Annekatrien wandte sich um.

»Nie unter einer Wäscheleine durchgehen in deinem Zustand!«, warnte Nelleke und zeigte auf die Leine, die Emma unter der Decke aufgespannt hatte. »Weißt du denn nicht, dass das für ein ungeborenes Kind gefährlich ist? Jawohl, mach nicht so ein ungläubiges Gesicht! Ich bin nie unter Leitern oder Wäscheleinen durchgelaufen und hab die Wiege immer erst *nach* der Geburt hergerichtet. Und alle meine Kinder wurden gesund geboren!«

»Hm«, sagte Annekatrien und ging weiter. Aber sie hielt doch sorgsam Abstand von der Leine.

»So, ihr wollt also im Bergwerk arbeiten«, nahm Nelleke das Gespräch wieder auf.

»Mein Vater und mein Bruder«, nickte Emma.

»Du nicht? Und der andere Junge auch nicht? Was glaubst du denn, wie viel dein Vater verdienen wird?«

»Ich weiß nicht.«

»Nicht viel, glaub mir! Mein Karel verdient einen Gulden am Tag.«

Einen Gulden am Tag! Das war eine herbe Enttäuschung.

»Wir haben ein paar kräftige Jungen, die auch verdienen«, erzählte Nelleke. »Aber Johan hat ein Mädchen, der wird wohl bald aus dem Haus gehen... und zwar *mit* seinem Geld. Und Maarten hat sich bei einem Einsturz das Bein gebrochen. Wir müssen erst mal abwarten, ob das wieder gut wird. Nun ja, in drei Jahren ist Simon auch alt genug.«

Emma runzelte die Stirn.

»Gehen sie denn nicht zur Schule? Oder gibt es keine Schule in Kerkrade?«

»Freilich ist hier eine Schule! Lehrer Ohlenforst gibt Rechnen und Schreiben im Gemeindehaus, aber da gehen meine Kinder doch nicht hin! Ich brauche sie zu Hause und bei euch ist's ja wohl nicht anders.« Nellekes Blick wanderte durch die kahle Behausung und Emma wurde rot.

»Wie alt muss man sein, um im Bergwerk zu arbeiten?«, fragte sie.

»Zehn, aber viele Leute geben ein falsches Alter für ihre Kinder an. Ich weiß genau, dass da auch Jüngere arbeiten.«

Zehn Jahre! So alt war Tom. Und sie selbst war schon vierzehn.

»Arbeiten da auch Mädchen?«

»Natürlich arbeiten da auch Mädchen. Was dachtest du denn?«

Emma blickte durch das sauber geputzte Fenster hinaus auf die Straße. Tatsächlich, dort spielten nur ganz kleine Kinder. Jungen und Mädchen in ihrem Alter waren nirgends zu sehen.

»Hier haben früher wohl auch Bergleute gewohnt?«, fragte sie.

Nelleke nickte.

»Steht das Haus schon lange leer?«, fragte Emma.

»Ziemlich lange.«

»Und wo sind die Leute jetzt?«

»Ich muss gehen«, sagte Nelleke. »Ich stehe hier und schwatze, dabei muss ich noch zum Markt! Wiedersehen!«

Hastig ging sie hinaus. Emma stand in der Tür und schaute ihr nach. Ein unbehagliches Gefühl beschlich sie.

Sie drehte sich um und ging im Zimmer hin und her. Das war nun also ihr Zuhause. Noch kleiner als ihr Hof in Slenaken, aber sie war doch froh, dass sie nicht auf der Straße standen. Und die Menschen hier schienen freundlich zu sein. Dekan Quodbach jedenfalls war sehr hilfsbereit. Hauptsache, Papa bekam Arbeit…

Emma räumte den Karren aus und stellte alles, was sie an Töpfen, Pfannen und anderem Hausrat noch hatten, auf Bretter und in den morschen Schrank. Es war still im Haus. Die Mutter schlief, Mayke war zu ihr ins Bett gekrochen und die Jungen suchten Brennholz für den Ofen. Sofie jätete Unkraut in dem kleinen Gärtchen hinter dem Haus.

»Das war früher mal ein Gemüsegarten«, sagte sie, als Emma durch die Hintertür in den Garten trat. »Hier können wir Gemüse anbauen.«

»Gemüse – stimmt: Ich wollte ja noch kurz zum Markt gehen. Kommst du mit?«, fragte Emma.

Sofie nickte und stand auf. Gemeinsam gingen sie den Einderweg entlang in Richtung Markt. Zu beiden Seiten der Straße rann schwarzes Wasser durch die Gossen zum *Langen Pfuhl* auf dem Dorfplatz.

Emma und Sofie betrachteten das Vieh, das am trüben Wasser des Tümpels getränkt wurde. Sie schlenderten so lange umher, bis die Marktstände abgebaut wurden, dann lasen sie gequetschtes Obst und halb faules Gemüse von der

Straße auf. Mit einem Kohlkopf und einigen angestoßenen Äpfeln zogen sie heimwärts. Vor dem Gemeindehaus verlangsamte Emma den Schritt. Dort wurde also Unterricht gehalten, wie Nelleke gesagt hatte. Am liebsten wäre Emma kurz hineingegangen, aber ihre Hände waren vom Kohl ganz schleimig. Wie hoch wohl hier das Schulgeld war? In Slenaken hatten sie zehn Cent bezahlen müssen. Vielleicht war es hier billiger.

»Komm, Sofie!«, rief sie ihre Schwester.

Sofie drückte sich die Nase am Fenster des Krämers platt. Nur mit Mühe riss sie sich von der Auslage los und lief hinter Emma her.

»Weißt du, was es hier gibt, Emma? Krapfen! Die hatte unser Bäcker in Slenaken auch. Einmal hab ich einen von ihm bekommen. Die sind vielleicht süß! Noch süßer als der Brei am Sonntag«, sagte sie sehnsüchtig.

Emma legte ihr den Arm um die Schulter.

Als sie nach Hause kamen, war Henk vom Bergwerk zurück.

Annekatrien war aufgestanden und saß ihrem Mann gegenüber am Tisch. In der Mitte lag ein großes Bündel Kleider.

»Und, hast du Arbeit bekommen?«, fragte Emma gespannt.

Ihr Vater nickte. »Ein Gulden pro Tag. Es hätte schlechter sein können.«

»Guck mal, was wir haben!« Sofie ließ die Äpfel auf den Tisch rollen. Ein schwaches Lächeln erschien auf dem Gesicht der Mutter.

»Vielleicht können wir im Dorfladen anschreiben lassen«, meinte Emma. »Das ging in Slenaken doch auch.«

»Weil sie uns da kannten«, seufzte ihre Mutter. »Ich kann's ja mal versuchen. Morgen geh ich hin.«

Ihre Stimme klang ruhig, aber Emma wusste, wie schwer es ihrer Mutter fiel, bitten und betteln zu müssen. Von der Schule wagte sie gar nicht erst zu reden. Sie nahm ein Messer und begann den Kohl zu zerteilen.

»Und Volkert? Kann er auch im Bergwerk arbeiten?«, fragte sie den Vater.

»Ja, und Tom und du auch.«

Emma schaute ruckartig auf, aber ihr Vater hielt den Blick starr auf den Tisch gerichtet. An seinen gespannten Nackenmuskeln sah sie, dass jeder Protest zwecklos sein würde. Auch die Mutter wich ihrem Blick aus.

Bei dem Gedanken, tief in die dunkle Erde hinabsteigen zu müssen, wurde Emma der Mund ganz trocken vor Angst.

»Aber wer soll denn Mutter helfen?«, fragte sie schwach.

»Das kann Sofie gut allein«, sagte Henk. »Wir brauchen jeden Cent. Ihr könnt morgen anfangen.«

3

»Emma! Aufwachen, es ist Zeit!«

Jemand rüttelte sie an der Schulter. Emma seufzte und drehte sich um.

»Emma, es ist vier Uhr. Aufstehen!«

Es war ihr Vater, der sie weckte.

»Nur noch ein paar Minuten«, murmelte sie. Ihre Augen wollten sich nicht öffnen und der Kopf war noch schwer vom Schlaf. So döste sie wieder ein und träumte von ihrem früheren Bauernhaus, träumte, dass sie auf dem Hof Wasser pumpte. Doch plötzlich wurde sie kräftig gepackt und mit dem Kopf unter den eiskalten Strahl gedrückt. Prustend und schreiend fuhr sie auf... und saß senkrecht im Bett. Wasser troff an ihr herab und der Vater stand mit einem leeren Krug neben ihr.

»Papa!«, schimpfte sie los, nun hellwach.

»Es ist Zeit«, sagte Henk nur und drehte sich um.

Emma zog das Nachthemd aus und trocknete sich damit das Gesicht. Schlotternd fuhr sie in die Arbeitskluft, die ihr

34

Vater tags zuvor mitgebracht hatte: einen blauen Leinenkittel, eine Hose derselben Farbe und schwarze Schuhe – genau das Gleiche, was auch ihr Vater und ihre Brüder trugen. Emma griff nach der harten Lederkappe, die den Kopf vor herabfallenden Steinen schützen sollte, und stieg die Treppe hinunter. Hinter sich hörte sie Sofie und Mayke leise schnarchen.

Volkert und Tom hockten schon am Tisch und schlürften einen Becher Zichorienkaffee.

Annekatrien saß neben ihnen und bestrich Brotschnitten sehr dünn mit Fett. Jedes übrige Fettklümpchen beförderte sie sorgfältig zurück in den Topf. Nelleke hatte ihnen am Abend zuvor ein Brot und ein wenig Geld für die erste Woche geliehen, aber sie mussten sehr sparsam damit umgehen, um über die Runden zu kommen.

Annekatrien wickelte die Brote in Papier, füllte die Trinkflaschen mit Zichorienkaffee und legte sie in die Püngel – karierte Tücher, deren Zipfel sie miteinander verknotete.

»Ihr müsst gehen«, mahnte sie.

Tom erhob sich und schlüpfte in die Arbeitsschuhe. Emma schaute aus dem Fenster. Es war noch dunkel und das würde noch eine ganze Weile so bleiben. Sie griff nach ihrem Püngel und folgte Tom ins Freie. Sie waren nicht die Einzigen, die sich auf den Weg machten. Immer mehr Menschen verließen ihre Häuser, alle in der gleichen Arbeitskluft, die Lederkappen schon auf dem Kopf. Emma spähte ins Dunkel. In der Ferne sah sie einen Lichtschein über einem hölzernen Turm flackern. Als sie näher kamen, erkannte sie neben dem Turm ein Gebäude, dem alle Bergleute zustrebten. Emma, ihr Vater und ihre Brüder folgten ihnen. Die Kumpel bildeten eine lange Schlange vor einer Materialausgabestelle und unterhielten sich in einem Gemisch aus Deutsch und dem Limburger Dialekt. Es klang

ganz anders als die Sprache, die Emma von Slenaken her
vertraut war.

Eine kräftige Frau händigte allen Bergleuten eine Lampe
und den Hauern eine Keilhaue aus. Als Emmas Vater vor
ihr stand, sah sie ihn mit hochgezogenen Augenbrauen an.

»Henk Mullenders.«

Die Frau guckte auf ihre Liste und reichte dann auch ihm
Lampe und Keilhaue. Volkert und Tom bekamen nur eine
Lampe. Danach richtete sie ihren Blick auf Emma.

»Emma Mullenders.«

Die Frau wandte sich einem alten Mann zu, der die Lampen aus dem Regal nahm. Sein Gesicht war verwittert und
voller bläulicher Narben und in seinen Runzeln hatte sich
Kohlenstaub festgesetzt.

»Noch eine Neue, Keube! Haben wir eine Lampe übrig?«

»Nein«, sagte Keube.

»Doch! Da drüben«, sagte die Frau.

»Das ist Veerles Lampe«, sagte Keube.

»Ich weiß, aber wir brauchen sie«, beharrte die Frau.

Keube drehte sich um und schlurfte davon. Kurz darauf
kam er mit einer Lampe zurück, die er Emma mit sicht-
lichem Widerstreben reichte.

»Ihr seid doch die Leute, die in den Einderweg gezogen
sind?«, fragte er.

Emma, die die unterschwelligen Gefühle des alten Mannes deutlich heraushörte, nickte und ergriff die Lampe. Er
schaute ihr in die Augen.

»Glück auf!«

Sie gingen zum Eingang des Schachts, in den die Bergarbeiter einer nach dem anderen hinabstiegen. Emma blickte
ängstlich in den Schacht – ein Gang, der senkrecht in der
Finsternis verschwand. Nur das oberste Stück der Leiter
war sichtbar. Ein Geländer war nicht vorhanden.

Emma trat rasch einen Schritt zurück. Ihre Knie wurden weich. Jeder einzelne Muskel ihres Körpers setzte sich gegen einen Abstieg in den Schacht zur Wehr. Als stiege man ins eigene Grab! Ruckartig wandte sie sich zu dem Vater um, aber der setzte den Fuß schon auf die erste Leitersprosse.

»Wie tief ist das? Wir können doch fallen!«, sagte Emma angstvoll.

»Wir fallen nicht«, sagte Volkert. Er warf einen viel sagenden Blick zu Tom hinüber, der leichenblass war.

»Ich trau mich nicht, Em«, sagte er mit zitternder Stimme.

Henk hörte es und rief hinauf: »Los, macht voran! Runter mit euch!«

Tom schüttelte heftig den Kopf und sein Vater kletterte mit wütender Miene wieder hoch.

Emma fasste sich ein Herz und wollte Tom an die Hand nehmen. »Wir gehen zusammen, ja? Erst gehe ich und dann du. Ich helfe dir.« Sie streckte ihm die Hand entgegen, aber Tom legte seine Hände auf den Rücken.

Andere Bergleute gingen grinsend an ihm vorbei und stiegen hinter Henk hinab.

»Jetzt können wir schon nicht mehr mit Papa runter. Komm mit, Tom, sonst musst du später ganz allein runterklettern«, mahnte Volkert.

Zögernd folgte Tom seinen Geschwistern. Volkert ging voran und half Tom auf die Leiter. Emma machte den Schluss. Während sie langsam in die Dunkelheit hinabstiegen, biss sie die Zähne zusammen. Sie musste sich aufs Äußerste beherrschen, um nicht in Panik zu geraten. Am liebsten wäre sie ganz schnell wieder hinaufgeklettert, zurück ans Licht, aber die Kumpel über ihr auf der Leiter machten das unmöglich. Hin und wieder blickte sie nach oben. Der Schachteingang wurde immer kleiner und kurz darauf war sie ganz auf das Licht ihrer Lampe angewiesen.

Mit einer Hand umklammerte sie die Sprosse über sich, mit der Lampe leuchtete sie auf die Leiter unter sich. Der Schein flackerte über das blonde Haar von Tom, der schweigend und sehr vorsichtig hinunterkletterte. Ihre Schatten tanzten wie Spukgestalten an der Wand. Nach einer Weile begannen Emmas Beine zu schmerzen. Wie weit stiegen sie eigentlich hinab? Unter sich sah sie nur Köpfe und pendelnde Lampen. Das einzige Geräusch in der Stille war das Atmen der absteigenden Bergleute. Doch je tiefer sie kamen, desto lauter vernahmen sie ein Dröhnen und Krachen von unten.

Plötzlich stießen ihre Füße auf einen Bretterboden in einem Raum, in den ein dunkler Stollen mündete. Die meisten Kumpel stiegen noch weiter hinab.

Emma blieb stehen und lehnte sich an die schwarze Wand, bis ihr Atem wieder regelmäßig ging und der Schmerz in den Beinen nachließ. Sie hob ihre Lampe und sah zwei Stollen, in die Bergleute hineinkrochen. In der Ferne ertönte ein ohrenbetäubender Schlag, der die Erde erzittern ließ. Erschreckt spähte Emma in die Stollen. Wo war Papa? Wo waren Volkert und Tom?

Beunruhigt leuchtete sie mit der Lampe in die Runde.

»Emma!«, hörte sie plötzlich Volkerts Stimme aus der Tiefe. »Weiter!«

Vorsichtig tastete Emma mit dem Fuß nach der ersten Sprosse. Sie zwang sich, nicht an einen falschen Tritt zu denken. Je weniger sie sah, desto stärker nahm sie die Gerüche aus der Tiefe wahr: eine scharfe Mischung aus Erde, Kohlen und Schweiß. Zugluft wirbelte um sie herum und doch schien es, als würde die Luft zum Atmen immer knapper. Der fortwährende Abstieg verursachte ihr Schwindel; ihre Hände verkrampften sich und sie bekam Ohrensausen.

Ganz unten erwarteten sie der Vater und die Brüder.

Emma stieg von der Leiter. Hier gab es keinen Bretterboden, hier hatte sie festen Boden unter den Füßen. Sie stand in einem großen Grubenraum. Bergleute verschwanden in die vielen Stollen, die hier einmündeten. Glitzernde Flächen und dumpfe Luft verrieten: Hier unten stand Grundwasser. Eine Lampe tanzte auf sie zu und gleich darauf tauchte eine Gestalt vor ihr auf.

»Da bist du ja endlich«, sagte Volkert erleichtert. Seine Augen glänzten in dem jetzt schon schwarzen Gesicht.

Henk sprach mit einem Mann, wahrscheinlich dem Steiger, denn er trug einen weißen Anzug mit Jacke.

»Ich bin Boeskens, der Steiger. Ich versuche es mit euch«, sagte er, »weil der Dekan euch empfohlen hat. Aber wer hier nicht spurt, fliegt sofort raus. Wir arbeiten in Gruppen und ihr werdet als Gruppe für jeden Korb Kohlen bezahlt, den ihr gemeinsam hinaufbringt. Verstanden? Wie alt ist der Kleine da?«

Der Steiger wies auf Tom.

»Zehn, Herr Boeskens«, sagte Tom beklommen.

»Dann komm mit. Corneel, bring die Neuen zur Abbaukammer nach hinten.«

Der Steiger stapfte davon und bedeutete Tom, ihm zu folgen. Der gehorchte mit hängenden Schultern. Emma sah, dass er sich noch einige Male zu ihnen umschaute, dann verschwand er in der Dunkelheit.

»So, dann kommt mal mit«, sagte Corneel.

Henk blickte noch immer seinem jüngsten Sohn nach.

»Papa!« Emma wandte sich halb um und sah den Vater fragend an.

»Ja, ich komm ja schon.«

Henk stapfte neben ihr her und ging dann mit Corneel voraus. Emma und Volkert folgten ihnen zu einer schmalen Öffnung in der Wand. Corneel zog den Kopf ein und verschwand in einem beklemmend düsteren Stollen, in dem ein paar Lampen wie Geister umherirrten. Henk und Volkert folgten nach kurzem Zögern, doch Emma blieb stehen wie erstarrt.

Da machte sie nicht mit! Diesen Maulwurfsgang betrat sie auf keinen Fall. Was, wenn er einstürzen würde?

Schon bald sah sie die anderen nicht mehr. Emma zögerte. Hier mutterseelenallein in der Dunkelheit zu stehen, war noch schlimmer. Mit dem Mut der Verzweiflung bückte sie sich und betrat den Gang. Zitternd beleuchtete sie den Weg vor sich mit der Lampe. Die Stollendecke war unmittelbar über ihr und nur mit Holzpfählen abgestützt. Wie konnte eine so gewaltige Steinmasse von ein paar Baumstämmen gehalten werden? Angstvoll schaute Emma nach oben und betete stumm.

»Oh Gott, lass es nicht einstürzen! Ich werde nie mehr an deiner Güte zweifeln, aber lass diesen Stollen nicht einstürzen...«

Irgendwo in weiter Ferne hörte sie ein monotones »Kling, kling«, ein regelmäßiges Schlagen, dem das laute Krachen von fallendem Gestein folgte. Die Hauer hatten ihre schwere Arbeit begonnen. Ein wenig Kohlenstaub rieselte ihr auf den Kopf. Sie erschrak so sehr, dass ihr Herz jagte, doch der Stollen stürzte nicht ein.

Er wurde breiter und das Donnern der herabfallenden Steinkohle kam näher. Unversehens stand Emma an einer Kreuzung. Erschrocken schaute sie sich um. Wohin waren sie gegangen?

»Emma!«, ertönte die Stimme ihres Vaters irgendwo vor ihr.

»Ja!« Erleichtert hastete sie geradeaus weiter, achtete nicht darauf, wohin sie trat, und stürzte auf den harten Boden.

»Hast du dich verletzt?« Corneel war zurückgeeilt und half ihr auf.

»Es geht schon.« Ihre Knie brannten, die Hände waren aufgeschürft.

»Du musst gut aufpassen. Der Boden ist sehr uneben«, erklärte Corneel.

Emma folgte dem Grüppchen und beeilte sich, um nicht noch einmal zurückzubleiben. Hin und wieder passierten sie eine Wettertür, die von einem dort postierten Jungen oder Mädchen geöffnet wurde. Trotz der Türen wurde der wirbelnde Staub immer dichter. Emma drückte sich den Ärmel ihres Kittels vor den Mund und ging weiter. Wieder kamen sie an eine Kreuzung. Die Bergleute gingen in verschiedene Richtungen und lösten sich gleichsam in der Finsternis auf, sodass ihre Stimmen aus dem Nichts zu kommen schienen. Sie verteilten sich auf die Abbaukammern des Bergwerks. Beim nächsten Seitenstollen bog Corneel rechts ab und sie erreichten bald einen etwas größeren Raum. Hier, weit weg von den Luftbewegungen, war es beklemmend warm und der Raum war von säuerlichem Schweißgeruch erfüllt.

Ein Junge hockte auf den Fersen in einer Nische und hackte wie ein Besessener in die Steinkohlenwand. Corneel brüllte, um gegen den Krach anzukommen.

»Jef!«

Der Junge ließ die Keilhaue ruhen und strich sich mit dem Handrücken über die Stirn.

»Da bist du ja endlich!«, begrüßte er Corneel.

»Hier sind ein paar Neue«, erwiderte Corneel und wandte sich an das Grüppchen hinter sich: »Das ist mein Sohn Jef. Normalerweise arbeitet mein anderer Sohn auch hier, aber wie ich schon sagte, hat er eine gerissene Kniescheibe. Ist nicht rechtzeitig zur Seite gesprungen, als die

Steinkohle runterkam. Und das ist Haske, meine Tochter. Haske, zeig Emma, was sie tun muss.«

Eine kleine Gestalt war zur Abbaukammer gekommen und musterte die Neuankömmlinge. Hätte Corneel sie nicht vorgestellt, hätte Emma nie ein Mädchen in ihr erkannt. Haskes Gesicht war schwarz vom Kohlenstaub und sie trug die gleiche Jungenkleidung wie Emma.

Sie warf einen Blick auf Emma und stellte sich vor einen großen Kohlenkorb mit Rädern. Sie band sich einen breiten Lederriemen um den Leib. Zwei weitere Riemen verliefen über die Schultern, sodass sie mit dem ganzen Körper den schweren Förderwagen voller Kohlen ziehen konnte. Geduldig wartete sie, bis ihr Bruder Jef den Korb voll geschaufelt hatte.

»Der muss zum Schacht. Nimm du den mal!«, forderte sie Emma auf und nickte zu einem anderen Wagen hin.

Emma legte sich die Riemen um, während ihr Vater und Volkert begannen, nach Corneels Anweisung in der Kohlenwand zu hacken. Jef ruhte sich einen Augenblick aus und hielt seine Lampe in eine Wandspalte. Aufmerksam beobachtete er die züngelnde Flamme.

»Grubengas«, sagte er und hielt seine Hand vor die Spalte. »man fühlt deutlich den Luftzug. Sieh nur, wie blau die Lampe plötzlich brennt.«

»Grubengas?«, fragte Henk mit unruhigem Blick zu der Flamme. »Das ist doch brennbar?«

»Sehr leicht brennbar sogar. Aber mach dir keine Sorgen, eine kleine Menge verbrennt gefahrlos«, erklärte Jef.

»Hm.« Henk wechselte mit Corneel einen Blick, der Emma nicht entging.

»Wie gefährlich ist Grubengas?«, fragte sie Haske leise.

»Man muss es immer beobachten«, antwortete Haske. »Wie Jef schon sagte: ein bisschen ist nicht schlimm.«

»Und … wenn viel davon da ist?«

»Dann musst du rennen. Komm, wir sind so weit. Bleib bei mir, denn beim ersten Mal ist es schwierig, den Weg zum Schacht wieder zu finden.«

Sie beugte sich vor und begann zu ziehen. Trotz der Räder kam der Kohlenkorb nur schwer in Bewegung. Auch Emma legte sich ins Zeug, aber sie bekam ihren Wagen keinen Zentimeter von der Stelle. Volkert sprang hinzu und schob. Da begannen die Räder langsam zu rollen. Wie viel mochte der Förderwagen wohl wiegen? Emma nahm alle Kraft zusammen und kämpfte sich hinter Haske her. Der Riemen schnitt ihr ins Fleisch, nahm ihr den Atem, zog sie zurück.

Aus allen Gängen kamen Kinder. In den niedrigeren Stollen zogen sie auf allen vieren ihren Wagen hinter sich her. Wo Tom wohl sein mochte? Emma betrachtete forschend die Kindergesichter, aber ihren Bruder sah sie nicht. Hinter Haske her arbeitete sie sich zum breiteren Förderstollen vor. Dort war es so voll wie auf einer Dorfstraße am Markttag. Viele Gänge trafen hier zusammen; am Ende der steil aufwärts führenden waren Handwinden aufgestellt, mit denen die bleischweren Förderwagen weiter hochgezogen werden konnten. Kinder krochen hinterher und zerrten dann die Wagen weiter bis zum Schacht. Emma musterte ihre schmutzigen, abgestumpften Gesichter. Den kleinen Tom entdeckte sie aber nicht.

Der Stollen, aus dem Emma und Haske kamen, war so eben, dass sie die Wagen auch ohne Winde zum Schacht ziehen konnten. Aber sie waren schwer, bleischwer. Als Emma den Schacht erreichte, sank sie neben ihrem Wagen zu Boden. Ihre Schultern schmerzten, sie war völlig außer Atem. Sollte sie *das* den ganzen Tag machen? Fünfzehn Stunden lang? Das würde sie nie schaffen.

Emma beobachtete eine Frau, die sich einen Tragekorb voller Kohlen auf den Rücken lud und ihn mit einem Riemen um den Kopf befestigte. Dann ging sie vornübergeneigt und mit gebeugten Knien zur steil emporführenden Leiter und stieg hinauf. Andere Frauen folgten, ihre Kinder vor sich herscheuchend, alle mit übervollen Tragekörben auf dem Rücken. Sprachlos schaute Emma ihnen nach.

»Komm!«, rief Haske ungeduldig und löste den Riemen ihres Förderwagens, schaufelte die Kohlen in einen Tragekorb und lud sich eine Last von mindestens vierzig Kilo auf den Rücken. Mechanisch folgte Emma ihrem Beispiel, immer wieder zu den steilen Leitern schauend. Sollte sie tatsächlich mit den Kohlen dort hinauf? Das *konnte* doch nicht sein! Den schweren Korb würde sie nicht einmal auf den Rücken bekommen, geschweige denn die Leiter hinauf!

Aber Haske half Emma und befestigte den Riemen um ihren Kopf.

»Aber das mach ich nur einmal!«, kündigte sie an und erklomm schon die Leiter.

Bereits auf der ersten Sprosse brach Emma der Schweiß aus. Das enorme Gewicht der Kohlen zerrte sie nach hinten. Sie ergriff einen Holm und zog sich in die Höhe. Die Riemen rissen ihr fast die Arme aus den Gelenken. Keuchend und schwitzend kletterte sie weiter. Jede Sprosse einzeln, dann ging es. Einfach nicht nach oben schauen – und nach unten schon gar nicht!

Ächzend arbeitete sie sich empor. Es war, als hingen vier Mann an ihr. Ihre Hände waren völlig verkrampft, so eisern hielt sie sich fest. *Ein* Fehltritt, *ein einziges Mal* daneben greifen – und sie würde abstürzen. Nicht daran denken, einfach nicht daran denken! Festhalten und wieder einen Schritt hinauf!

Aber ihr Rücken schmerzte so sehr! Und das war nur der erste Anstieg!

Sie schaute nach oben in die pechschwarze Finsternis über ihrem Kopf. Ganz allmählich jedoch drang immer mehr Licht in den Schacht. Eine Öffnung mit einem bewölkten Himmel wurde sichtbar und dann war da plötzlich so viel Licht, dass Emma die Augen fest zukneifen musste. Sie wand sich aus der Schachtöffnung und löste eilig den Riemen am Kopf. Vorsichtig ließ sie den Korb sinken und streckte den Rücken. Nur kurz ausruhen. Sie atmete tief ein, massierte sich die schmerzenden Schultern und hielt das erhitzte Gesicht in den kalten Wind. Die anderen Frauen lieferten ihre Kohlen ab und stiegen über eine zweite Leiter schon wieder hinab, aber das schaffte Emma nicht. Noch nicht! Ein wenig noch die frische Luft genießen!

Als sie sich umdrehte, war ihr Tragekorb verschwunden.

Verblüfft schaute sie sich um. Da waren Kinder, die in der Abraumhalde Steinkohle aussortierten, und Frauen mit blauen, wollenen Tüchern um den Kopf, die mühsam gegen den Wind ankämpften. Aber keine von ihnen hatte einen vollen Korb auf dem Rücken. Emma rannte zu der Stelle, an der sie vorhin Haske ihre Kohlen hatte abliefern sehen. Ein älterer Mann nahm sie in Empfang und machte für jeden vollen Korb eine Notiz. Ihm gegenüber stand eine Frau mit mächtig dicken Beinen und Haaren wie zerfasertes Tau. Emma runzelte die Stirn. Sie hatte diese Frau – Truke wurde sie von den anderen genannt – doch gerade erst einen Korb abliefern sehen. Und jetzt schon wieder einen! Das war aber schnell gegangen!

Emma ging zu ihr und fragte scharf: »Wo ist mein Korb?«

Truke würdigte sie keines Blickes.

»Hast du es aufgeschrieben, Sus?«, fragte sie mit tiefer, tonloser Stimme.

»*Was* aufgeschrieben! *Meinen* Korb doch wohl!« Emma entriss dem Mann die Liste und betrachtete sie. Doch sie beherrschte die Kunst des Lesens nicht gut genug, um aus den Kritzeleien klug zu werden.

»Hör mal! Gib das her! Was ist denn los?« Wütend nahm ihr Sus die Liste aus der Hand.

»Sie hat meine Kohlen gestohlen!« Emma wies anklagend auf Truke. Die murmelte etwas durch ihre Zahnlücken und wandte sich um.

»Hier geblieben! Gib zu, dass du meinen Korb geklaut hast!« Emma packte die Frau so kräftig am Arm, dass diese einen Schrei ausstieß.

»Lass los, du Schlampe! Kümmer dich um deine eignen Kohlen!«

Truke versuchte, Emma zu kratzen, und ihre Augen funkelten so böse, dass Emma zurückschrak. Aber dann dachte sie an den höllischen Aufstieg – alles für nichts und wieder nichts! – und schaute Sus verzweifelt an.

»Kontrollieren Sie doch die Liste! Sie hat doch gerade erst einen Korb raufgebracht!«

Sus prüfte die Liste und nickte nachdenklich.

»Das ist wahr, Truke. Sag schon: Hat das Mädchen Recht?«

Truke murmelte etwas Unverständliches und wollte gehen, doch Sus versperrte ihr den Weg.

»Nicht so schnell! Ich kenne dich doch, Truke. Los, sag schon!«, verlangte er gebieterisch.

»Ich war's nicht! Die Göre lügt!«, schnaubte Truke. »Keet war mir noch einen Korb schuldig. Den hab ich abgeliefert.«

»Und wo ist Keet?« Sus schaute erschöpft umher.

»Wieder runter.«

»Dann werde ich sie nachher fragen.«

»Tu das«, zischte Truke giftig und schlurfte davon.

Völlig verzweifelt schaute Emma Sus an.

»Tja«, meinte der. »Keet und Truke sind dicke Freundinnen. Keet wird Trukes Geschichte gewiss bestätigen. Pass künftig gut auf deine Kohlen auf, Mädel. Es gibt immer welche, die die Neuen reinlegen.«

»Sie wollen also nichts unternehmen? Dann geh ich selber zum Steiger.«

»Das scheint mir nicht vernünftig. Ihr Wort gegen deins. Ich weiß genau, wer als Erster rausfliegt.«

Zähneknirschend ging Emma zum Schacht und begann den Abstieg. Sie hatte es so eilig, dass sie der unter ihr abwärts steigenden Frau immer wieder auf die Hand trat.

»Heda! Ein bisschen langsamer! Soll ich vielleicht abstürzen?«, meldete sich eine ärgerliche Stimme aus der Dunkelheit.

Unten angekommen, hastete Emma durch die Stollen. Sie nahm den falschen Weg, kehrte um, verirrte sich fast, doch schließlich sah sie zu ihrer Erleichterung Haske. Ihr folgte sie zur Abbaukammer, wo man einander vor lauter Staub kaum noch erkannte.

Henk und Corneel lagen in einem engen Spalt zwischen Decke und Boden eingezwängt. Nur mit stark gedrehtem Hals und hoch über den Kopf erhobenen Armen konnten sie die Keilhaue auf die Steinkohlenwand niedersausen lassen. Volkert und Jef hackten Kohle und füllten die Körbe im Wechsel. Erstickend heiß war es nun und alle vier hatten ihre Kittel ausgezogen. Mit ihren schwarzen, schweißglänzenden Oberkörpern waren sie kaum von der Steinkohle zu unterscheiden.

»Volkert! Papa! Hört mal!«, rief Emma und berichtete dann stotternd vor Wut ihr Missgeschick.

»So ein Miststück!«, schimpfte Volkert sofort los.

»Bist du sicher, dass du dich nicht geirrt hast?«, fragte Henk.

»Natürlich! Der Korb war plötzlich weg und Truke hatte gerade erst einen abgeliefert. Und dieser Mann, Sus, der glaubte ihr auch nicht. Das hab ich an seinem Gesicht gesehen!«

»Wo ist das Weib?«, fragte Henk wütend. »Mit der werd ich mal ein Wörtchen reden.«

»Was willst du machen, Papa? Der Frau an die Gurgel gehen und sie zwingen, die Wahrheit zu sagen? Wir sind hier neu. Wir können es uns nicht erlauben, Schwierigkeiten zu machen!«, sagte Volkert eindringlich.

»Volkert hat Recht. Du solltest es lieber lassen.« Jef hörte, auf seine Hacke gestützt, zu. »Hier unten gelten andere Gesetze. Am besten, man zahlt es solchen Leuten mit gleicher Münze heim.«

»Also glaubst du auch, dass Truke meinen Korb gestohlen hat?«, fragte Emma.

»Da bin ich mir ganz sicher, aber das hilft dir auch nicht weiter.«

»Hättest du besser aufgepasst!«, schimpfte Henk mit seiner Tochter.

Emma presste die Lippen zusammen und ging wieder an die Arbeit. Verbissen hackten ihr Vater und Volkert auf die Kohlenwand ein.

In dem Labyrinth der Stollen stieß Emma plötzlich auf Tom. Er sah völlig erschöpft aus, aber sein Gesicht hellte sich auf, als er die Schwester erkannte.

»Geht es?«, fragte sie besorgt.

Tom zuckte mit den Schultern.

»Ich muss immer durch ganz niedrige Stollen, aber ich kann den Wagen nicht gut ziehen, wenn ich auf Händen und Füßen gehe. Mein Rücken tut so weh, Em!«

Emma seufzte. Sie strich dem kleinen Bruder über den Kopf und machte sich auf den Weg zur Leiter.

Dort kletterte sie hinter Truke her. Deren Korb war randvoll und Emma musste einige Male den Kopf einziehen, als Kohlebrocken über den Rand fielen. Hin und wieder blieb Truke keuchend so lange stehen, dass unwillige Stimmen von unten ertönten.

»Los, weiter! Aufwärts!«

»Wenn du zu alt wirst, musst du dich bei der Armenpflege melden, Truke!«

»Ja, irgendwann wird sie noch abstürzen. Und wir alle mit.«

Mühsam kletterte Truke weiter. Emma folgte, mit Trukes scharfem Schweißgeruch in der Nase. Sie schaute empor und sah die dicken Beine der Frau – voller Krampfadern. Plötzlich empfand sie so etwas wie Mitleid.

Doch oben passte sie scharf auf ihre Kohlen auf.

Um zehn Uhr ertönte ein Ruf durch die Stollen: »Pause!«

Die Kumpel krochen aus ihren Nischen, warfen die Keilhauen und hölzernen Schaufeln von sich und griffen zu den Püngeln. Völlig erschlagen ließ Emma sich fallen. Volkert kam und setzte sich neben sie auf den Boden. Sie sagten kein Wort. Henk lehnte sich schweißnass an die Kohlenwand.

Die Frauen saßen ein Stück von Emma entfernt zusammen. Haske zögerte sichtlich und ließ sich dann irgendwo am Rand der Gruppe nieder.

Emma griff zu ihrem Pausenbeutel, der an einem Nagel hing, damit keine Ratten daran kämen. Sie schraubte den Deckel der Trinkflasche ab und setzte sie an, doch es kam nichts. Sie schaute zu den Frauen hinüber, die einander anstießen und kicherten. Emma steckte die leere Flasche in den Püngel zurück und guckte in die andere Richtung. Volkert und Jef füllten ihre Flasche großzügig auf und auch Haske goss etwas dazu.

»Häng sie dir ab jetzt um den Hals, sonst trinken die anderen sie immer wieder leer«, riet Jef. »Einen Schluck extra hat jeder gern.«

Aber damit arbeitete es sich schlecht. Die Flasche pendelte störend hin und her. Emma hängte sie neben die von Jef, der versprach, darauf aufzupassen. Doch das war schwierig, wenn man im Liegen Kohlen hackte, und so war die Flasche bei der nächsten Pause wieder leer.

»Lass nur! Wenn du Durst hast, nimmst du einfach einen Schluck aus meiner«, bot Jef an.

Emma lächelte dankbar.

Am nächsten Tag nahm sie zwei Flaschen mit. Eine füllte sie mit Zichorienkaffee und versteckte sie unter einem alten, kaputten Korb. In der anderen war der Inhalt ihrer Blase.

Als sie eine Stunde später nachsehen ging, lag die Flasche am Boden: ausgelaufen. Sie wusste nicht, wer den ersten Schluck genommen hatte – aber von nun an ließen sie sie in Ruhe.

4

Was Emma zunächst nicht für möglich gehalten hatte, trat ein: Sie gewöhnte sich an die Arbeit im Bergwerk. Die Wochen verstrichen im stets gleichen Rhythmus. Jeden Morgen stand sie im Dunkeln auf und trottete mit ihrem Vater und ihren Brüdern durch die Morgenkälte zum Bergwerk. Unten, tief in der Erde, kannte sie nach einiger Zeit jeden Stollen, jede Unebenheit, jede Pfütze und jede heimtückische Ecke, an der man sich den Kopf stoßen konnte. Sie gewöhnte sich an ihre schweißgetränkte Kleidung, atmete den Kohlenstaub ein und hustete vom frühen Morgen bis zum späten Abend. Doch nun, da fast die ganze Familie arbeitete, verdienten sie gerade genug zum Leben, und das war mehr, als sie in Slenaken von sich hätten sagen können. Anfang Dezember begann es zu frieren. Sofie und Mayke mussten den ganzen Tag auf den Landwegen rund ums Dorf Pferdeäpfel sammeln. Aber auch andere Leute wollten damit ihr Feuer am Brennen halten. Trotz der vielen Pferdefuhrwerke, die täglich durch Kerkrade und die Umgebung fuhren, war mit zunehmendem Frost kein

Pferdemist mehr zu finden. Kohlen waren teuer und man nahm sie nur, um das Wasser für den Waschtrog zu erwärmen und um zu kochen. Sobald das Feuer erlosch, war es sofort dunkel; dann drang die eisige Kälte durch die Ritzen und Spalten, sodass jeder rasch seinen Strohsack aufsuchte.

Der vierte Dezember war der Tag der heiligen Barbara, der Schutzheiligen der Bergleute. Er verstrich ohne Festlichkeiten und auch der Nikolaustag fand keine Beachtung. Zu Weihnachten backte Annekatrien einen Obstkuchen, doch danach mussten sie wieder eisern sparen.

Obwohl Emma wusste, dass es aussichtslos war, schaute sie sich die Dorfschule an. Als eines Tages die Arbeit im Bergwerk wegen des zu hohen Grundwasserspiegels ruhte, ging sie um die Mittagszeit zum Gemeindehaus auf dem Dorfplatz.

Im ersten Stock fand sie das Klassenzimmer. Es wirkte dunkel und kalt, aber Emma bemerkte nur, dass es nach Kreide und Holzbänken und etwas muffig nach Schulbüchern roch. Ihr Herz klopfte.

An einem hohen Pult saß ein alter Mann und schrieb, während er gleichzeitig ein Stück Roggenbrot kaute. Schüchtern näherte sich Emma.

»Herr Lehrer Ohlenforst?«

»Ja?« Der alte Mann blickte auf.

»Ich … ich wollte mich nur mal umsehen.«

»Und wer bist du?«

»Ich bin Emma Mullenders. Wir sind gerade erst nach Kerkrade gezogen.«

Lehrer Ohlenforst setzte sich die Brille auf die Nasenspitze und musterte Emma.

»Für welche Fächer interessierst du dich denn, Kind? Hier wird Niederländisch, Deutsch, Rechnen und Schreiben, Erdkunde und Geschichte gegeben.«

Sehnsüchtig betrachtete Emma die Bildtafeln an der Wand. In Slenaken war nur ein wenig Lesen und Schreiben unterrichtet worden!

»Der Unterricht findet von acht bis zwölf und von zwei bis fünf Uhr statt«, fuhr Herr Ohlenforst fort, »aber jetzt im Winter nur von ein Uhr bis vier. Wer mehr als viermal im Monat ohne triftigen Grund fehlt, wird von der Schule gewiesen. Die Fehltage der Schüler werden jeden Monat am schwarzen Brett bekannt gegeben.«

Emmas Blick wanderte zu der zweiten Tafel in der Ecke. Etliche Namen standen darauf.

»Für Griffelkasten, Schreibpapier und Bücher musst du selber sorgen. Das Schulgeld beträgt für die unteren Klassen zwanzig Cent, für die höheren Klassen dreißig. Es ist im Voraus zu bezahlen.«

Lehrer Ohlenforst tauchte seinen Gänsekiel in die Tinte und schrieb weiter.

Emma schlug die Augen nieder.

»Danke, dass Sie sich Zeit genommen haben.« Sie knickste kurz und ging hinaus.

Annekatrien saß am Tisch und faltete Windeln. Nelleke hatte ihr gerade einen ganzen Stapel gebracht. »Ich brauche sie im Moment ja nicht«, hatte sie beim Hereinkommen gesagt. Hinter Nelleke war ihr Mann Karel mit einer aus Weidenzweigen geflochtenen Wiege unterm Arm aufgetaucht.

»Ich hab meinen Augen nicht getraut«, erzählte Annekatrien, als ihre Älteste nach Hause kam. »Eine Wiege und Windeln! Einfach so! Nun ja, geliehen. Ich gebe natürlich alles zurück.«

Emma nickte geistesabwesend.

»Wo warst du eigentlich?«, fragte die Mutter.

»In der Schule im Gemeindehaus.«

»Ach, Emma…«

Kopfschüttelnd faltete Annekatrien weiter. Emma sah mit düsterer Miene zu. Annekatrien schob den Stapel Windeln beiseite. »Dein Vater hatte auch so schöne Träume«, sagte sie. »Er wollte dafür sorgen, dass es uns nicht so ergeht wie unseren Eltern – sich das ganze Leben abrackern und schinden, ohne dass je was dabei herauskommt. Ohne dass man je erreicht, was einem vorschwebt. Er wollte dafür sorgen, dass das windschiefe Bauernhäuschen genug abwirft, dass er seine Kinder zur Schule schicken und ihnen die Möglichkeiten bieten kann, die er selbst nie hatte. Oh ja, davon war er überzeugt.«

Ihre Stimme bekam einen Klang, der Emma unangenehm berührte. Regungslos schaute sie die Mutter an, die über ihren Kopf hinweg aus dem Fenster starrte.

»Hätten wir das Schulgeld gespart, hätten wir den Hof vielleicht halten können. Durch Schaden und Schande sind wir klug geworden, dein Vater ganz gewiss. Du solltest nicht zu viel vom Leben erwarten, Emma.«

Annekatrien sah ihre Tochter ernst an. »Wenn unsereins anfängt zu träumen, kann das nur schief gehen.«

Eines Nachts, als es Stein und Bein fror, bekam Annekatrien Wehen. Es war drei Uhr morgens, als Volkert durch die dunklen Straßen Kerkrades rannte, um die Hebamme zu holen.

Emma fuhr in die Kleider und zündete eine Rapsöllampe und einige Schilfhalme an. Im schwachen Schein glänzte die Stirn ihrer Mutter schweißnass. Emma stand bei ihr, bis es Zeit für die Schicht wurde. Widerstrebend ließ sie die Mutter mit der Hebamme allein; Henk fluchte und schimpfte, dass er ausgerechnet jetzt ins Bergwerk musste.

»Ganz ruhig! Wir schaffen das hier schon«, beschwichtigte ihn die Hebamme.

»Holen Sie die Nachbarin Nelleke herüber, wenn Sie Hilfe brauchen«, legte Emma ihr ans Herz.

»Ach Mädchen, ich hab halb Kerkrade und Umgebung auf die Welt geholfen. Das Kind liegt richtig, also wird's auch diesmal gut gehen«, versicherte die Hebamme.

Emma warf einen letzten Blick auf das schweißnasse Gesicht der Mutter. Sie gab ihr einen Kuss und sagte leise: »Bis heute Abend, Mama!« Annekatrien lächelte ihrer Ältesten zu, doch dann verzog sie wieder das Gesicht vor Schmerzen.

Still gingen Emma, Volkert und Tom hinter ihrem Vater her durch den Einderweg. Sie kamen an die kleine Kapelle am Weg, bei der jeder Bergmann immer ein kurzes Gebet für eine wohlbehaltene Rückkehr sprach. Heute beteten die Mullenders noch für etwas anderes …

Während Emma in den Schacht hinabstieg, war sie in Gedanken bei ihrer Mutter. Wenn nur alles gut ging! Nach Maykes Geburt war ihre Mutter noch einmal schwanger gewesen, aber die Geburt hätte sie fast das Leben gekostet und das Kind war tot geboren worden.

Emma betrat den Stollen und verharrte bei einer kleinen Statue der heiligen Katharina, auch sie von alters her eine Schutzheilige der Bergleute. Sie stand in der Höhlung eines Pfeilers, schwarz vom Staub, abgegriffen von den vielen Händen, die sie täglich kurz berührten. Heilige Katharina, lass bitte alles gut gehen mit dem Kind, aber vor allem mit meiner Mutter, flehte sie im Stillen.

Doch dann nahmen die dunklen Stollen sie auf und sie musste so hart arbeiten, dass sie schon bald keine Kraft mehr hatte, sich auch noch Sorgen zu machen. Mit der Firste eines der abgelegenen Stollen, wo ihr Vater, Volkert und sie arbeiteten, war etwas »geschehen«.

»Die wird einstürzen«, sagte Nellekes Mann Karel voraus. »Ich höre es an den Geräuschen vom Kohlenstaub.«

»Dann müsst ihr besser abstützten«, sagte Boeskens. »Das sag ich doch jeden Tag! Guckt nur mal hier! Und da und dort drüben!«

Mit der stumpfen Seite einer Keilhaue schlug er gegen die Stempel, die die Firste stützten. Das Holz ächzte hörbar und eine Wolke von Kohlenstaub rauschte herab.

»Abstützen, los! Du, du und du auch!« Boeskens bestimmte, nach links und rechts weisend, ein paar Kumpel, deren Gesichter sich sofort verdüsterten. Abstützen kostete viel Zeit. Zeit, die nicht bezahlt wurde. Emma sah mit Erleichterung, dass ihr Vater die Arbeit nicht unterbrechen musste. Mit dem Kleinen, das bald da sein würde, brauchten sie jeden Cent. Zu ihrem Ärger musste Volkert ausgerechnet heute quer schießen. Mit dem Handrücken fuhr er sich über die Stirn, von der der Schweiß in schwarzen Bächen rann. »Mir wird speiübel von diesem Kerl«, zischte er Emma zu, als sie mit ihrem leeren Korb bei ihm stehen blieb. Er nickte zu Boeskens hinüber, der mit einem Notizbrett durch den Stollen stapfte. »Den ganzen Tag steht er hinter mir und kontrolliert, wie lange es dauert, bis ich einen Korb voll geschaufelt habe. Und jedes Mal, wenn ich ein paar Sekunden zu lange brauche, blafft er mich an, der elende Kerl. Guck nur, jetzt steht er hinter Papa. Der hält das erst recht nicht aus. Er liegt da und erstickt fast im Staub und dann steht da einer hinter ihm und schreibt auf, wie oft er während der Arbeit einen Schluck Wasser trinkt. Heute ist ohnehin schon ein mieser Tag. Gleich geht Papa mit der Haue auf ihn los, das schwör ich dir!«

»Halt bloß den Mund«, sagte Emma ängstlich, »sonst fliegst du hier noch raus!«

Der Steiger drehte sich um und legte sein Notizbrett auf

eine leere Kiste. Volkert schob seine Schaufel in den Kohlenberg und warf wie aus Versehen eine Ladung Kohlen darauf. Als Boeskens seine Notizen wieder nehmen wollte, verzerrte sich sein Gesicht vor Wut. »Verdammt, du Schafskopf! Hast du keine Augen im Kopf?«, polterte er los.

»Oh, tut mir Leid, Herr Boeskens! Ich hab nicht gesehen, dass da was lag!«, versicherte Volkert mit Unschuldsmiene. Boeskens schimpfte noch eine Weile, dann ging er mit seinen unlesbar gewordenen Aufzeichnungen davon.

Am Ende der Schicht waren sie normalerweise zu erschöpft, um ohne zu stolpern nach Hause zu gehen. Heute jedoch klagte keiner über das Tempo, mit dem Henk den Weg entlangstürmte. Tom musste die halbe Strecke im Laufschritt bewältigen, damit er nicht zurückblieb. Sie hätten sich keine Sorgen zu machen brauchen. Annekatrien lag im Bett, gut versorgt von einigen Nachbarinnen, und hatte einen gesunden Säugling an der Brust. Es war ein Junge: Elmer.

Fast das ganze Dorf kam kurz zu Besuch und viele Leute brachten etwas mit: ein Stück Käse, einen selbst gebackenen Kuchen oder warmen, gewürzten Wein. Von der Kirche bekamen sie einen kleinen Topf Suppe.

Eines Abends kam Nelleke mit einem Stapel Babykleidung herein. Emma saß gerade im Holzbottich und schrubbte sich den schwarzen Kohlenstaub vom Körper.

»Schau mal«, sagte Nelleke, »die sind für Elmer. Ich hab sie noch in einer Ecke gefunden. Was sagst du dazu?«

Annekatrien sagte gar nichts mehr. So viel Mitgefühl und Freundlichkeit machten sie sprachlos.

»Ach, das ist doch ganz normal«, wehrte Nelleke ab, als Annekatrien einen Dank für die Anteilnahme stammelte. »Wir alle helfen einander, wenn es nötig ist. Jetzt liegt der alte Keube wieder krank im Bett.«

»Keube?«, fragte Henk. »Das ist doch der Alte, der die Lampen ausgibt?«

»Ja, genau. Er hat sein Leben lang im Bergwerk gearbeitet und jetzt ist er völlig am Ende. Es ist ein Wunder, dass er überhaupt so alt geworden ist. Wenn er spricht, sieht man, dass seine Zunge schwarz vom Kohlenstaub ist«, berichtete Nelleke.

»Was fehlt ihm denn?«, erkundigte sich Emma.

Sie hing sehr an dem alten Mann. Für jeden hatte er ein freundliches Wort, und wem davor graute, in den Schacht hinunterzusteigen, dem sprach er Mut zu.

»Keube kann nicht richtig atmen«, antwortete Nelleke. »Er kriegt immer schwerer Luft. Deshalb sorge ich jetzt dafür, dass sein Häuschen ein bisschen sauber bleibt, und Greet, Hennes' Frau, macht ihm die Wäsche. So hilft man einander, nicht?«

Emma stand auf und hüllte sich in ein großes Tuch. Dann stieg sie aus dem trüben Wasser und ging hinauf, um sich anzuziehen. Unten hörte sie Volkert in den Bottich steigen. Wenn sie alle darin gebadet hatten, war das Wasser immer pechschwarz. Jeder von ihnen durfte abwechselnd als Erster hinein und heute war sie an der Reihe gewesen – zum Glück, denn der nächste Tag war ein Sonntag. So würde sie sich besonders lange an ihrer Sauberkeit freuen können. Sie zog ihr altes Baumwollkleid an. Es wurde ihr allmählich zu klein, aber die Mutter hatte den Saum ausgelassen, sodass sie es noch eine Weile würde tragen können.

Als Emma die Treppe hinabstieg, hörte sie ihre Mutter sagen: »Ist es meine Schuld? Alles ist so teuer. Eine halbe Kanne Milch kostet einundzwanzig Cent! Du musst mir wirklich etwas geben!«

»Ich hab nichts mehr«, sagte Henk.

»Und die fünf Cent für deinen Schnaps?«

»Ich hab nichts mehr, das sag ich doch!«, schimpfte Henk. »Ich bin schon tagelang nicht mehr im Wirtshaus gewesen.«

»Und ich hab keine Kohlen und kein Brennholz mehr. Wie soll ich es hier warm kriegen?«, klagte Annekatrien. »Ich bin den ganzen Tag in Bewegung, mir macht es also nicht viel aus, aber für die Kinder ist es hier viel zu kalt, besonders für Elmer. Und Mayke hustet so ... ich hab Angst, dass sie krank wird.«

Danach schwiegen sie lange.

»Sofie kann arbeiten«, sagte Henk plötzlich. »Fürs Bergwerk ist sie noch zu jung, aber auf dem Sortierplatz kann sie schon helfen. Für einen Viertelgulden pro Tag.«

»Und was muss sie da machen?«, fragte Annekatrien.

»Kohlen sortieren. Die Kohlen werden dort auf den Boden ausgeschüttet und die Frauen schlagen die großen Brocken zu kleineren Stücken. Die kommen dann in Tragekörbe.«

»Ich will zu Hause bleiben«, sagte Sofie erschrocken. »Wer soll denn sonst auf Mayke und Elmer aufpassen?«

»Das stimmt.« Annekatrien zog Sofie an sich und strich ihr über das blonde Haar. »Mayke läuft immer weiter weg. Ich komme mit meiner Arbeit nicht voran, wenn ich sie immer suchen muss.«

»Dann binde ihr eben einen Strick um den Leib«, sagte Henk. »Wir brauchen jeden Cent und Sofie ist alt genug zum Sortieren. Da sind so viele Kinder in ihrem Alter beschäftigt, manche sind sogar noch jünger. Außerdem hab ich es schon mit Boeskens besprochen. Montag kann sie anfangen.«

Sofie schaute ihre Mutter Hilfe suchend an, aber Annekatrien nickte ihr nur aufmunternd zu. Volkert stieg aus dem Bottich und Henk nahm seinen Platz ein. Als alle fertig waren, setzten sie sich zu Tisch. Annekatrien stellte eine

Schüssel Kartoffeln und ein Töpfchen Fett zum Eintunken in die Mitte. Dann setzte sie sich und schlug ein Kreuz.

»Lasst uns erst unserem Herrn für seine Fürsorge danken«, sagte sie.

Volkert lehnte sich störrisch zurück und machte keine Anstalten, die Hände zu falten. Seine Mutter sah ihn warnend an. Volkert warf einen Blick auf Sofie, die leise in sich hineinweinte.

»Danke«, sagte er schroff.

Von jetzt an musste auch Sofie vor Tau und Tag zum Bergwerk. Sie hatte am meisten Schwierigkeiten, um vier Uhr morgens wach zu werden, und so trug Henk sie den ganzen Weg auf dem Rücken, während sie weiterschlief. Die Abraumhalden wimmelten von Kindern und alten Leuten, die mit gekrümmtem Rücken die Kohlen vom gewöhnlichen Gestein trennten. Emma konnte sich kaum überwinden, ihr Schwesterchen auf der Halde zurückzulassen. Mit dem Korb auf einem Schlitten zu ihren Füßen sah sie so klein und verlassen aus, als sie ihnen nachschaute. Nacheinander verschwanden Henk, Volkert, Tom und Emma im Schacht; Emma zuletzt, sodass sie Sofie wenigstens noch zuwinken konnte. Ein Händchen winkte zögernd zurück, dann stieg auch Emma hinunter.

Der Tag war schwer und lang.

»Los, vorwärts! Hochsteigen! Beeil dich, du!«

Emma kam gerade mit ihren Kohlen bei der Leiter an und hörte das Geschrei, mit dem eine Mutter ihr Kind die Leiter hinaufscheuchte. Es war Keet, eine allein stehende Frau, die mit ihren acht Kindern gleich neben der Sankt-Lambertus-Kirche wohnte.

»Ich kann nicht mehr, Mama!«, klagte Merten.

Er war zwölf, sah aber höchstens wie neun aus. Krumm, verwachsen und wachsbleich durch chronische Blutarmut, kämpfte er sich mit dem Kohlenkorb auf dem Rücken die Leiter hinauf.

Keet stand gebückt unter ihrer Last, schaffte es aber dennoch, ihm eine Ohrfeige zu geben.

»Schneller! Beeil dich ein bisschen! Deine Schwester ist schon fast halb oben!«, schnauzte sie ihn an.

Emma löste den Riemen von ihren Schultern, rieb sich die schmerzenden Gelenke und nahm einen leeren Korb mit zurück zur Abbaukammer.

»Na, geht es, Kind?« Eine Frau mit gebeugtem Rücken begleitete sie eine kurze Strecke und lächelte ihr aufmunternd zu. Sie hatte eine rote Nase und wässrige Augen.

»Es ist nicht leicht, was? Und ich muss es wissen, denn ich bin hier schon rumgelaufen, als ich so alt war wie du. Sogar noch jünger! Aber man gewöhnt sich daran, Kind. Man gewöhnt sich wirklich daran.«

Emma kannte die Frau. Sie hieß Jette und war als herzlich, aber auch ein bisschen verrückt bekannt. Sie sah aus wie eine alte Frau, war aber erst fünfunddreißig. Ihre Kinder waren eins nach dem anderen als Säuglinge gestorben und seitdem sie auch noch ihren Mann verloren hatte, war sie nicht mehr ganz normal.

»Es wär ja alles nicht so schlimm, wenn man jeden Tag was zu essen hätte, nicht? Letzte Woche war ich krank, da hatte ich nichts.«

»Gar nichts?«, fragte Emma. »Hat Ihnen denn niemand geholfen?«

»Doch, doch, die Nachbarn sind jeden Tag mit einem Töpfchen Suppe gekommen. Das war sehr lieb von ihnen, denn sie konnten es ja selbst kaum entbehren. Darum bin ich wieder zur Arbeit gegangen.«

Jette nieste und fuhr sich mit dem Handrücken über die Nase.

»Tja«, wiederholte sie, »wenn man nur jeden Tag was zu essen hätte.«

Es klang ergeben, als sei es ein Naturgesetz, dass man nun einmal *nicht* jeden Tag zu essen hatte, und als sei es sinnlos, sich darüber zu beklagen. Es war die gleiche Ergebenheit, mit der Emma auch die anderen ihre Arbeit tun sah. Sogar die Kinder schienen sich mit ihrem aussichtslosen, abstumpfenden Leben abgefunden zu haben.

Sie kennen es nicht anders, machte sie sich klar. Ich wüsste es auch nicht besser, wenn ich hier schon als kleines Kind gearbeitet hätte. Und eines Tages werden es auch Elmer und Mayke nicht anders kennen. Sofie vielleicht auch nicht...

Am Ende des Arbeitstages holten sie Sofie ab und machten sich gemeinsam auf den Heimweg. Sofie war derart erschöpft, dass sie wieder getragen werden wollte, doch das schaffte keiner mehr. Abgerackert und ohne ein Wort zu reden, gingen sie nach Hause, begleitet von Sofies Weinen.

Am Sonntagmorgen stand Emma um vier Uhr auf und zog ihre Arbeitskleidung an. Dann erst merkte sie, welcher Wochentag es war. Sie zog sich wieder aus und schlüpfte rasch ins Bett zurück. Erst als die Sonne durch das Dachfensterchen hereinschien, stand sie gemeinsam mit den anderen auf. Alle zogen Sonntagskleider an und dann gingen sie beim Glockengeläut zur Sankt-Lambertus-Kirche.

Während der Messe schaute Emma zu Volkert hinüber, der auf der anderen Seite des Mittelganges saß und sich gleichgültig in der Kirche umschaute. Er legte keinen Wert auf den Kirchgang und sie selbst eigentlich auch nicht. Es war vor allem Mama, die darauf bestand. Emma verstand nicht, wie ihre Mutter sich ihre Frömmigkeit bewahren konnte.

»Bitte Gott nicht nur in Not! Dank ihm auch fürs täglich Brot!«, hatte sie ihnen früher in Slenaken eingeprägt. Doch eines Tages hatte es nichts mehr zu danken gegeben. Trotz der frischen Blumen in der Marienkapelle und trotz des Schutzkreuzes im Feld hatte es eine Missernte gegeben und sie waren von ihrem Hof vertrieben worden. Emma ließ den Blick durch die Kirche schweifen. Hier herrschte strenge Trennung: Nicht nur die Honoratioren hatten ihre eigenen Bänke, auch Bauern und Bergarbeiter saßen voneinander getrennt. Emma hatte einmal erlebt, dass ihr Vater mit einem Bauern, der gleich hinter dem Dorf lebte, ein Gespräch anzufangen versuchte, aber er war auf so viel Abwehr gestoßen, dass er es aufgegeben hatte. Im Bergwerk hatte sie den Vater mit Karel darüber sprechen hören.

»Wir sind Eindringlinge«, hatte Karel erklärt. »Wir verpesten ihr Land und wir verpesten die Stimmung im Dorf. Dass ich selber mal Bauer war, haben alle schon lange vergessen. Von dem Tag an, als ich meinen Hof verkaufen musste, gehörte ich zum anderen Lager und war außen vor. Sie brummeln was, wenn sie es schon nicht vermeiden können, mich zu grüßen, aber am liebsten sagen sie gar nichts. In diesem Dorf gibt es Bauern und es gibt Kumpel. Und jede Gruppe hat ihr eigenes Wirtshaus.«

»Ich wüsste nicht, warum ich nicht mit den Bauern trinken könnte«, hatte Henk eingewandt.

»Trinken kannst du dort schon, aber allein, nicht *mit* ihnen. Also komm lieber zu uns«, hatte Karel erwidert.

Emma schaute zu den prächtigsten Plätzen im Kirchenraum hinüber, die von der Familie des Bergwerksdirektors Büttgenbach eingenommen wurden und von anderen Honoratioren wie Bürgermeister Vaessen und dem Adel des Ortes. In einer der Bänke saß ein etwa siebzehnjähriger junger Mann in einem dunklen Anzug. Zu Emmas Überraschung war sein Blick interessiert auf sie gerichtet. Oder auf jemanden hinter ihr? Sie blickte sich über die Schulter um, konnte aber niemanden entdecken, dem ein solcher Blick hätte gelten können. Vorsichtig schaute sie wieder zu dem jungen Mann hinüber. Er sah sie direkt an. Emma spürte, wie Röte von ihrem Hals zu den Wangen aufstieg. Schnell schlug sie die Augen nieder.

Es war eiskalt in der Kirche. Nach der Messe waren ihre Zehen fast erfroren und ihre Nase lief. Doch draußen schien die Sonne und alle standen in Grüppchen beieinander auf dem Kirchplatz, um noch ein wenig zu plaudern. Die Frauen sammelten sich um Annekatrien und bewunderten Elmer.

Emma und Volkert gesellten sich zu Haske und Jef. Sie betrachteten eine Kutsche vor dem Kirchenportal. Der Kutscher half einigen Damen mit bauschigen Röcken beim Einsteigen. Die Herren der Gesellschaft unterhielten sich noch. Neben einem älteren Mann mit hohem, schwarzem Hut stand der junge Mann, der Emma so intensiv angeschaut hatte.

»Wer ist das?«, erkundigte sich Emma bei Haske.

»Wer? Der da drüben? Das ist Rudolf Brandenburg, der Sohn des Besitzers von *Land van Rode,* du weißt schon, das Gut in der Nähe vom Kloster Rolduc. Ihnen gehören Anteile am Bergwerk.«

Schweigend beobachteten sie, wie die Kutschen der Familien Brandenburg und Büttgenbach vom Kirchplatz rollten.

»Die haben wieder einmal ihre Pflicht getan! Wenn sie nur schnell genug nach Hause kommen, um ihr schönes Leben zu genießen!«, ertönte Keubes Stimme.

Der alte Mann kam langsam näher und spie schwarzen Schleim hinter den Kutschen her.

»Herr Büttgenbach ist gar nicht so übel«, sagte Jef. »Als die Kartoffelernte verdorben war, hat er ein paar Wagen Kartoffeln gekauft und an uns verteilt.«

Keube schnaubte. »Die Löhne müssten sie erhöhen, dann wären wir nicht so abhängig von der Armenpflege. In Deutschland werden die Kumpel viel besser bezahlt. Wenn ich jünger wäre, wüsste ich schon, was ich täte!«

»Würden Sie dann in einem deutschen Bergwerk arbeiten?«, fragte Emma.

»Ums Verrecken nicht! Nie mehr würde ich in ein Bergwerk gehen! Früher dachte ich, ich hätte keine Wahl, aber so ist es nicht. Man hat immer eine Wahl.«

»Tatsächlich?«, höhnte Volkert. »Am Wegrand krepieren, was?«

Keube musterte ihn aufmerksam. »Du bist doch ein Bauernsohn?«

Volkert nickte.

»Und, magst du das Landleben?«

»Und ob.«

»Dann hast du eine Wahl. Du kannst bei einem Bauern Tagelöhner werden. Das würde ich machen, wenn ich so alt wäre wie du. Notfalls würde ich in einer deutschen Ziegelei arbeiten gehen oder als Hausierer durchs Land ziehen«, sagte Keube.

»Als ob man reich werden kann, wenn man Garn und Bänder verkauft!«, lachte Jef.

»Reich nicht, aber zumindest ist man *über* der Erde. Was meinst du wohl, was vierzig Jahre Kohlen hacken aus mir gemacht haben?« Keube röchelte.

»Alles ist schwarz innen«, murmelte der alte Mann. »Mein ganzer Körper ist voller Kohlenstaub, mein Magen, meine Lungen, alles. Ich fühle es beim Atmen. Es geht einfach keine Luft mehr durch. Das kommt von diesem ver-

dammten Staub da unten. Habt ihr schon mal drüber nach-
gedacht, was ihr da den ganzen Tag einatmet?«

Emma, Haske, Volkert und Jef schauten einander stumm
an.

Der Kirchplatz leerte sich allmählich. Die Frauen kehrten
nach Hause zurück, die Männer gingen zum Dorfkrug.
Fieneke, Haskes Mutter, rief ihre Tochter. Haske winkte
Emma zu und lief hinter der Mutter her. Jef folgte den Männern zum Wirtshaus.

»Kommst du mit, Volkert?«, rief er.

Volkert hatte schon Lust. Er schaute Keube an.

»Ich bleibe noch hier«, wehrte der ab. Er atmete mühsam
und stoßweise.

»Ich bleibe auch noch.« Emma warf ihrem Bruder einen
schnellen Blick zu, den Volkert richtig verstand.

»Lassen Sie uns doch dort ein bisschen sitzen!« Emma
begleitete Keube zu dem niedrigen Mäuerchen beim Pfarrhaus.

Keube war sichtlich erleichtert, als er saß. Emma wartete,
bis er wieder zu Atem gekommen war. Verstohlen beobachtete sie ihn von der Seite und merkte, wie der alte Mann mit
seiner Atemnot zu kämpfen hatte. Hin und wieder bekam
er so lange keine Luft, dass er blau anlief. Ängstlich behielt
Emma ihn im Auge. Sie fühlte sich so machtlos. Jemandem,
der sich verschluckte, konnte man auf den Rücken klopfen,
aber wie sollte man jemandem helfen, der nicht genug Luft
bekam?

Keuchend und pfeifend sog Keube sich die Lungen voll
und ganz langsam ließen die Beklemmungen nach. Emma
wartete geduldig. Die letzten Kirchgänger zerstreuten sich
und als Keubes Gesicht wieder eine normale Färbung angenommen hatte, war der kleine Kirchplatz menschenleer.

»Puh.« Keube wischte sich den Schweiß von der Stirn.

»Jedes Mal denke ich: Jetzt passiert es. Aber dann habe ich doch immer wieder genug Luft, um nicht unterm grünen Rasen zu landen.«

Emma wusste nicht, was sie sagen sollte.

»Die Leute, die in unserem Haus gewohnt haben, waren das auch Bergleute?«, fragte sie.

Keube schwieg. Er schwieg so lange, dass Emma ihre Frage bereute. Unsicher schaute sie in das starre, zerfurchte Gesicht.

»Es tut mir Leid, ich wollte nicht …«, begann sie, doch Keube stand mühsam auf.

»Lass uns ein Stück gehen.«

»Wirklich? Wollen Sie nicht lieber sitzen bleiben?«

»Nein. Mein Hintern wird ganz kalt von der Mauer. Kommst du mit?«

Er ging vor Emma her zum Friedhof.

Wollte er *dort* ein Stück gehen?

Langsam folgte sie Keube. Am Ende des Weges blieb er vor einem Grab stehen. Lange betrachtete er den Namen auf dem Stein.

Emma folgte seinem Blick:

Jomme Rutten 1809–1844

Dann schweiften ihre Augen zum Grab daneben.

Veerle Rutten 1831–1844

Ich bin auch 1831 geboren, schoss es Emma durch den Kopf.

Langsam ging sie zu zwei weiteren Gräbern, ebenfalls von der Familie Rutten. Hier lagen Brüder von Veerle, auch 1844 gestorben.

»Meine Enkelkinder«, erklärte Keube. »Und mein Sohn, mein einziger Sohn. Ich selber hab ihnen die Arbeit beigebracht. Mit Jomme hab ich viele Stunden da unten verbracht. Bis er Probleme mit dem Rücken bekam. Das haben viele Kumpel – einen Rückenschaden, weil sie fortwährend gebückt stehen. Oder sie kriegen es an den Lungen, weil sie stundenlang im kalten Wasser liegen. Im vorigen Jahr bekam Jomme seinen Rückenknacks. Zwei Tage blieb er zu Hause, dann ging er wieder los, weil das Geld alle war. Er versuchte, einen Streik zu organisieren, aber das führte zu nichts und er wurde der Direktion lästig. Wir hatten Angst, dass er rausfliegen würde, aber dazu kam es nicht. Stattdessen ließen sie ihn Grubengas aufspüren. Mit einer Lampe und einem Vogel im Käfig wurde er auf die Suche geschickt. Wenn sich irgendwo zu viel Grubengas sammelt, merkt man das an dem Vogel; der stirbt dann. Und Jomme musste dafür sorgen, dass das Gas wegkam.«

»Wie macht man das?«, fragte Emma.

»Man lässt es explodieren. Das ist normalerweise die Arbeit von Strafgefangenen, von Langzeithäftlingen. Ich hab viele von denen in die Zeche gehen sehen, das kannst du mir glauben. In einem nassen Arbeitsanzug und mit einer Lunte an einem langen Stock. Da kann man nur hoffen zu überleben, wenn man den Laden anzündet. Meistens überlebten sie nicht, dann hatten sie die Leiter nicht rechtzeitig erreicht. Oder das Feuer holte sie ein, wenn sie hochkletterten.«

»Und war es auch bei Jomme so?«, fragte Emma leise.

»Nein, nein, der hatte nicht mal mehr die Gelegenheit, seine Kleider nass zu machen. Er suchte noch nach dem Gas, da explodierte es schon. Meine Güte, war das eine Explosion. Und es war noch ein Glück, dass es am Ende der Schicht passierte. Die meisten waren schon oben.«

»Aber Jomme nicht«, sagte Emma leise.

»Und seine Kinder auch nicht. Das war ein Drama! Ganz

Kerkrade hat getrauert. Meine Schwiegertochter ist mit den beiden jüngsten Kindern weggegangen, zu ihrer Schwester nach Maastricht. Ich konnte nicht mit, denn das wäre für die Schwester zu viel geworden. Aber ich wollte auch nicht. Ich wollte bei ihnen bleiben. Ab und zu in das Häuschen gehen, in dem sie gewohnt haben. Es stand lange Zeit leer.«

Keube schaute zum Einderweg hinüber und plötzlich beschlich Emma eine bange Vermutung. Sie dachte an den Kohlenstaub, den sie überall im Haus vorgefunden hatten, als sie es zum ersten Mal betraten.

»Dieses Haus…«, sagte sie zögernd.

Keube nickte.

»Jetzt wohnt ihr darin.«

5

Heute kommt Herr Büttgenbach mit einigen Besuchern nach unten«, teilte Boeskens eines Tages bei der Lampenausgabe mit. »Also muss es unten staubfrei sein. Wenn der Besuch kommt, arbeiten nur die Leute in den abgelegenen Abbaukammern weiter. Die anderen können ja schöpfen oder abstützen. Gehackt wird nicht! Verstanden?«

Mit grimmigen Gesichtern murmelten die Kumpel vor sich hin: keine Kohlen, kein Geld. Aber offen zu protestieren wagten sie nicht.

»Was will dieser Büttgenbach denn?«, fragte Emma.

»Was weiß ich. Hin und wieder machen sie eine Inspektion«, meinte Keube und reichte ihr die Lampe. »Glück auf, Emma.«

Ein neuer Arbeitstag. Vorsichtig kletterte Emma die Leiter hinunter in den dunklen Abgrund. Wenn sie erst einmal unten war, tat sie einfach ihre Arbeit, aber jedes Mal wieder sträubte sich alles in ihr gegen den Abschied vom Tageslicht. Und jedes Mal wieder musste sie sich überwinden, wenn sie unten durch die Stollen ging und die Stützpfeiler knacken hörte. Dann zwang sie sich, an etwas anderes zu denken. An Slenaken, wo Sonne und Wind so alltäglich waren. An ihr windschiefes Bauernhäuschen zwischen den hügeligen Weiden voller weißer Kühe. An die Reihen von Obstbäumen, die im Frühjahr die ganze Umgebung mit ihren Blüten schmückten. Den Duft von frischem Obstkuchen, den sie mit ihrer Mutter im Backhäuschen backte. Den Hohlweg zum Dorf; ein Weg wie ein grüner Tunnel, wo Kuckuckslichtnelken und wilde Brombeeren bis oben an die steile Böschung wuchsen. Dann schnürte sich ihr die Kehle zu vor Heimweh.

Den ganzen Morgen wurden die Kumpel gnadenlos angetrieben, weil später in den meisten Stollen die Arbeit eine Weile ruhen sollte. Wegen des Mangels an Hauern war Volkert vom Kohlenschipper zum Hilfshauer befördert worden – eine Arbeit, mit der er mehr verdiente, die aber auch ungleich schwerer war. Von Anfang an hatten Boeskens und er einander nicht ausstehen können. Emma verstand sehr wohl, warum. Volkert konnte seine Abneigung einem anderen gegenüber nicht verhehlen. Er sagte zwar nichts, doch sein Blick war eben zu herausfordernd und Boeskens war fest entschlossen, den Jungen streng unter Kontrolle zu halten.

»Verdammt noch mal, faules Schwein! Ich hab nicht gesagt, dass du jetzt schon aufhören kannst! Hau die Kohlen da raus oder ich trete dir in den Hintern!«, brüllte er.

Volkert stand vornübergebeugt und hieb wie ein Besessener in die Kohlenwand, aber es ging nicht so recht voran.

»Mullenders, hilf deinem Dummkopf von Sohn doch mal!«, polterte Boeskens. »Meine Güte, ist das ein Schwächling!«

In der Pause konnte Volkert vor Wut nichts essen. Vergeblich versuchte Emma, ihn zu beruhigen.

»Du glaubst doch wohl nicht, dass ich mich für den Rest meines Lebens beschimpfen lasse?«, tobte Volkert. »Mag ja sein, dass ich hier unten aussehe wie ein Schwein, aber ich bin keins! Und Papa findet es allmählich schon normal, so angeschnauzt zu werden.«

»Von wegen. Aber Papa weiß, dass wir diese Arbeit brauchen«, widersprach Emma.

»Na, ich jedenfalls brauche sie genauso wenig wie Zahnschmerzen! Lieber sterbe ich vor Hunger, als dass ich mich hier erniedrigen lasse! Und dann kommen nachher auch noch diese feinen Herren zu Besuch und wir müssen aufhören zu arbeiten. Sonst wirds den Herrschaften zu staubig! Die haben doch keine Ahnung, wie es hier unten wirklich zugeht!«

»Nein«, bestätigte Emma.

Gegen Mittag wurde in den meisten Stollen die Arbeit abgebrochen.

Emma war gerade mit ihren Kohlen beim Schacht, als die Herren die Leiter herunterstiegen. Rasch trat sie in eine dunkle Nische, um die Gesellschaft in Augenschein zu nehmen. Herr Büttgenbach kam herunter und noch einige Herren, die sie nicht kannte. Sie trugen hohe Hüte und hatten Spazierstöcke dabei. Am meisten überraschte Emma jedoch, dass Rudolf mitgekommen war, Herrn Brandenburgs Sohn. Er war als Letzter herabgestiegen und betrachtete interessiert die mit Kohlen gefüllten Förderwagen, die von Frauen und Kindern gezogen wurden.

Rudolf Brandenburg schaute sich um mit einem Gesichtsausdruck, als traue er seinen Augen nicht. Emma beobachtete ihn abschätzig. Sollte es etwa das erste Mal sein, dass er im Bergwerk war? Ganz offensichtlich hatte er keine Ahnung, wie es hier zuging.

Rudolf Brandenburg wandte den Kopf, als spürte er, dass

er beobachtet wurde. Emma sah ihn offen an. Er schaute an ihr herunter und lächelte. Emma strich sich über ihr schwarzes Gesicht, als würde es dadurch sauberer. Lachte er sie jetzt etwa aus? Er müsste nur einmal mitkommen in die Gänge, in denen noch gearbeitet wurde. Dort würde sich erweisen, ob er auch dann noch lachte, wenn sein Mund voller Kohlenstaub war und er kaum Luft bekam in den herumwirbelnden Staubwolken.

Die Besucher schritten weiter, an der Spitze Herr Büttgenbach und Herr Brandenburg im Gespräch mit Boeskens. Rudolf blieb ein wenig zurück und dann, wie durch eine plötzliche Eingebung, trat Emma einen Schritt vor.

Rudolf schaute sie abwartend an, als könnte er sich nicht vorstellen, dass sie es ohne weiteres wagen würde, ihn anzusprechen.

»Wollen Sie wissen, wie es im Bergwerk wirklich aussieht?«, fragte sie leise. »Dann müssen Sie allerdings noch ein ganzes Stück tiefer unter die Erde.«

Ihre Augen hielten seinem Blick herausfordernd stand. Du wirst es ja doch nicht wagen, sagten sie. Rudolfs Augen verengten sich.

»Warum?«, fragte er.

»Weil dort *wirklich* gearbeitet wird.«

Emma schaute den Besuchern nach, die in dem ersten großen Transportstollen verschwanden. Rudolf folgte ihrem Blick.

»Gut«, stimmte er zu.

Sie schlichen davon, einem engen, schwarzen Eingang zu. Emma ging voraus.

»Passen Sie auf, dass Sie nicht stolpern«, warnte sie.

Rudolf gab keine Antwort. Bestimmt hatte er seine Schwierigkeiten mit dem glitschigen, unebenen Boden, aber er folgte Emma lautlos durch die Pfützen.

Gebückt führte Emma ihn zu dem einzigen Streb, der nun noch in Betrieb war. Im Schacht war ein kalter Luftstrom zu spüren gewesen, doch Emma bog links und rechts ab und je tiefer sie gelangten, desto stickiger wurde die Luft. Ganz unten im Schacht war es kalt, so kalt, dass man mit dem verschwitzten Körper zu zittern begann. In die Gänge weitab von dem zugigen Schacht aber drang niemals frische Luft. Hier war es warm und unter der niedrigen Firste hing ein scharfer Geruch nach Schweiß, Kohlen und verbrauchter Atemluft. Eingezwängt zwischen Firste und Sohle der niedrigen Stollen lagen die Hauer und schlugen die Kohle los. In verkrümmter Haltung arbeiteten sie sich mit erhobenen Armen seitwärts in die Wand vor. Die stickige Luft in den schlecht bewetterten Stollen verursachte Atemnot.

Überall lagen Kohlebrocken und Kohlenstaub wirbelte herum. Emma hörte Rudolf immer lauter husten. Sie lächelte.

Hin und wieder schaute sie über die Schulter und sah Rudolf fassungslos um sich blicken. Zu den Kindern, die blind vom Schweiß auf allen vieren die übervollen Förderwagen hinter sich herzogen. Zu dem hageren, schwarzen Gesicht des kleinen Mädchens, das die Wettertür hinter ihnen schloss. Zu den Kumpeln, die, auf dem Rücken liegend, die Kohlen vom Felsengewölbe hackten. Andere schlugen in gebückter Haltung die Stempel weg und sprangen gerade noch rechtzeitig beiseite, wenn die Kohlebrocken herabdonnerten und erneut Wolken von Kohlenstaub aufflogen. Rudolf musste heftig husten und auch Emma konnte nur noch mit Mühe atmen. Als die Staubwolke sich verzogen hatte, war Rudolf ebenso schwarz wie sie. Plötzlich ertönte in der Ferne ein dumpfes Grummeln und gleich darauf ein Geschrei.

Emma runzelte die Stirn. Der hinterste Teil des Stollens

war eine problematische Strecke. Dort war die Kohle besonders schwierig abzubauen; die Kohleader hatte einen so unregelmäßigen Verlauf, dass der Stollen nur schwer abzustützen war und von Zeit zu Zeit kleinere Bereiche einstürzten. Das Niederfallen der Steinkohleschicht hatte offenbar in einiger Entfernung noch etwas anderes in Bewegung gesetzt, wie man am Geschrei und am eiligen Hin- und Herlaufen hörte.

»Was ist los?«, fragte Rudolf mit erstickter Stimme. »Ist es vernünftig, dass wir hier bleiben?«

Kohlenstaub rieselte auf Emmas Kopf herab. Ruckartig schaute sie zur Decke. Ihr Atem ging schneller.

»Gehen wir zurück«, sagte sie, so ruhig sie konnte.

Am Ende des Stollens arbeiteten die Kumpel in wilder Hast. Einer der Stempel drohte nachzugeben. Das Holz war halb zersplittert und bog sich ein wenig. Die Bergleute riefen nach Werkzeugen, schleiften Holzbalken zu der Schwachstelle und arbeiteten Hand in Hand.

Emma begann zurückzugehen. Rudolf holte sie ein: Hin und wieder schaute er sich beunruhigt um.

»Warum gehen die Leute nicht weg?«, fragte er verständnislos.

»Das ist ihre Arbeit«, antwortete Emma und lief weiter, ängstlicher, als sie es sich anmerken lassen wollte. »Wenn sie jedes Mal davonlaufen würden, gäbe es keine Zeche mehr. Und außerdem ist es ohnehin zu spät zur Flucht. Wenn das hier einstürzt, ist wahrscheinlich der ganze Stollen hinüber.«

Rudolf packte sie so heftig am Arm, dass es schmerzte.

»Warum hast du mich hierher geführt?«, zischte er.

Vergeblich versuchte Emma sich loszumachen.

»Was soll das! Du wolltest doch das Bergwerk sehen! Hier ist es! Genauso, wie wir es jeden Tag erleben!«

In ihrer gemeinsamen Angst und Wut duzte sie ihn plötzlich.

Langsam lockerte sich sein Griff.

»Ich hab es gesehen«, sagte er kurz. »Bring mich jetzt so schnell wie möglich zum Schacht zurück.«

Emma konnte ein gewisses Triumphgefühl nicht unterdrücken. Das waren ihr die blauen Flecken am Arm wert.

»Hab ich dir wehgetan?«, fragte Rudolf mit einem Blick auf ihre Hand, die sie an den Arm presste.

Emma schaute auf. Sie hatte nicht einmal gemerkt, dass sie sich den Arm gerieben hatte.

»Nein«, sagte sie kurz.

Schweigend gingen sie weiter.

»Wie heißt du eigentlich?«, fragte Rudolf.

»Emma.«

»Emma…« Rudolf sprach den Namen sinnend aus. »Das ist ein schöner Name. Arbeitest du hier schon lange?«

»Ja.«

»Wie lange? Jahre?«

»Gut drei Monate.«

Rudolf lachte hellauf, doch Emma blieb ernst.

»Ich arbeite hier fünfzehn Stunden am Tag. Und *ein* solcher Tag kommt mir länger vor als mein ganzes bisheriges Leben«, sagte sie kühl.

Ein dumpfes, drohendes Grollen ertönte tief aus der Erde. Sie blieben stehen. Das Lachen schwand aus Rudolfs Gesicht.

Als sie zur Kreuzung einiger Stollen kamen, begann das Grollen aufs Neue, nun aber viel stärker. Es klang wie Kanonendonner, der sich tief in der Erde fortpflanzte. Die Kumpel kamen alarmiert aus den Stollen und dann ertönten plötzlich Hilfeschreie, in Deutsch und Niederländisch durcheinander.

»Eruit! Raus! Raus!«

Und gleich darauf noch lauter: »Raus! Iedereen eruit!«

Im Handumdrehen waren alle auf den Beinen und eilten dicht gedrängt in den Stollen. Das Handwerkszeug blieb am Boden zurück.

»Raus! Raus!«

Gebückt rannten Emma und Rudolf weiter. Überall um sie herum krachte das Holz. Große Mengen Sand und Kohlenstaub rauschten nieder. Die Kumpel hasteten durch die Stollen. Sehr schnell kamen sie nicht voran, denn manche Gänge waren so niedrig, dass man sich auf allen vieren fortbewegen musste. Dann konnten sie plötzlich wieder aufrecht stehen und trampelten einander in ihrer Panik beinahe nieder. Kinder wurden fast überrannt, Lampen flogen hin und her und angstvolles Geschrei hallte in den Stollen wider.

»Er stürzt ein!«

»Raus! Raus hier!«

Dann ertönte ein Knirschen, das den ganzen langen, engen Stollen erfüllte. Emma keuchte. Das war es, was sie immer so gefürchtet hatte! Jeden Augenblick konnten zweihundert Meter Gestein auf sie herabstürzen! Sie wagte es nicht aufzublicken. Aus einem Seitengang tauchte eine andere Gruppe Flüchtender auf, schwarze Schatten, die alle durcheinander schrien.

»Woher kam das? War es bei euch?«

»Bei uns nicht! Im Transportstollen, glaub ich.«

»Nein, weiter weg, im alten Streb!«

Sie drängten sich, stießen einander beiseite, ließen denen, die stolperten, keine Zeit, wieder auf die Beine zu kommen. Und das tiefe unterirdische Grollen nahm kein Ende. Die Risse in der Firste breiteten sich aus, alles krachte und knirschte. Die Stempel ächzten, große Steinkohleplatten fielen herab. Emma geriet ins Gedränge, sah dann aber einen Seitenstollen neben sich.

In diesem Augenblick krachte es über ihr so grauenvoll, dass ihr der Atem stockte. Die Firste stürzte ein!

»Schnell! Hier rein!«, schrie sie.

Sie stieß Rudolf in den Seitenstollen. Blindlings rannten sie in die Finsternis. Keinen Augenblick zu früh: Hinter ihnen stürzte mit donnernder Gewalt das Gewölbe ein. Eine Lawine aus Steinen und splitterndem Holz ging dröhnend nieder. Die Brocken flogen bis in den Stollen, trafen sie aber nicht. Das ganze Stollengefüge wurde erschüttert. Noch einmal krachte es, dann begann das ferne Grollen von neuem.

Emma stolperte und schlug der Länge nach hin. Sie merkte, dass sie den Mund aufgerissen hatte und laut schrie, doch in dem Getöse hörte sie die eigene Stimme nicht.

Auf einmal herrschte Stille. Wolken feinen Kohlenstaubs füllten den Gang. Hier und da rieselten noch Steinchen nieder, aber die Erde schien zur Ruhe gekommen zu sein.

Am ganzen Körper zitternd, rappelte Emma sich auf. Ihr Kopf hämmerte. Sie kroch zur Lampe, die glücklicherweise noch brannte. Das schwache Flämmchen erschien ihr wie ein Rettungszeichen in der Finsternis. Behutsam hob sie die Lampe auf. Das Flämmchen wurde schwächer.

Bitte, bitte, brenn weiter! Mit angehaltenem Atem starrte Emma das flackernde Lichtchen an. Da schoss die Flamme wieder empor und Emma atmete erleichtert auf. Sie hielt die Lampe in die Höhe und leuchtete um sich, um Rudolf zu suchen. Gekrümmt und hustend lehnte er an der Wand.

Emma ging gebückt unter der niedrigen Decke auf ihn zu. »Alles in Ordnung?«

»Ja… ja, ich glaube schon.« Er fuhr sich über den Kopf.

Sie standen in der undurchdringlichen schwarzen Dunkelheit nahe beieinander. Emmas Lampe erhellte nur einen kleinen Umkreis ihrer Umgebung.

Vornübergebeugt und fortwährend stolpernd, suchten sie einen Weg durch den Stollen. Die Stempel knackten immer noch gefährlich. Im schwachen Licht der Lampe schimmerte der glasige Glimmer in den Steinkohlewänden.

»Weißt du, in welche Richtung wir müssen?«, fragte Rudolf.

»Wir können nur in eine Richtung«, antwortete Emma.

»Ja, aber weißt du, wohin der Stollen führt?«

Emma nickte. Er führte in einen alten Teil der Zeche, in dem nicht mehr gearbeitet wurde. Die Kohle war herausgebrochen, die Stempel waren abgebaut worden.

Als sie die große, hochgewölbte Kammer erreicht hatten, leuchtete Emma in die Runde.

»Diese Kammer ist ausgebeutet«, sagte sie.

»Und lebensgefährlich.« Rudolf betrachtete die ungestützte Firste.

»Kommen wir hier irgendwo durch?«

Emma wandte sich nach rechts. Das flackernde Licht warf geisterhafte Schatten an die Wand. Rattenäuglein blitzten auf. Sie trat ein paar Steinchen nach den Tieren und die kleinen, dunklen Wesen flitzten in alle Richtungen davon.

Emma ließ den Lichtschein an der Wand entlanggleiten. Dort, wo ihres Wissens ein Stolleneingang war, lag jetzt ein Berg von Steinen und Holztrümmern, die den Durchgang versperrten. Entsetzt ließ sie ihre Lampe sinken: Sie waren eingeschlossen!

Nervös lief sie umher und suchte nach einem anderen Ausweg. Sie konnte nicht fassen, dass es keinen gab, dass das, wovor sie immer so große Angst gehabt hatte, jetzt Wirklichkeit geworden war.

Emma stellte die Lampe ab und begann an den Balken zu

zerren, die die Kammer verschlossen. Trotz der Splitter, die ihr dabei in die Hände drangen, zog und zerrte sie an den gebrochenen Stützstreben. Mit äußerster Kraftanstrengung räumte sie einen Steinbrocken weg, um dann vor neuen Brocken zu stehen, die so groß waren wie sie selbst. Sie wandte sich Rudolf zu, der regungslos dastand und nur zuschaute. »Die kriege ich nie weg! Hilf mir doch!« In ihrer Stimme klang Panik.

»Die kriegen wir zu zweit auch nicht weg«, sagte er.

»Aber wir müssen doch was tun! Sonst kommen wir hier nie raus!«, rief Emma.

Rudolf sah sich in dem dunklen Raum um und schloss für einen Augenblick die Augen. Als er sie wieder öffnete, hatte er sich unter Kontrolle und seine Stimme klang ruhig.

»Das Einzige, was wir tun können, ist auf Hilfe warten.«

»Gott weiß, wie lange das dauert… und ob je Hilfe kommt«, flüsterte sie.

Sie schauten einander an. Rudolfs Gesicht war starr.

»Natürlich kommt Hilfe!« Brüsk drehte er sich um. »Komm, hier können wir nicht bleiben. Wir müssen zurück zur Einsturzstelle. Dort werden sie zuerst suchen.«

»Dort können wir nicht warten. Es kann jeden Augenblick weiter einstürzen«, widersprach Emma.

»Hier auch.« Er wies auf die Risse im hohen Gewölbe. »Der andere Stollen ist wenigstens abgestützt. Da fühle ich mich sicherer. Dieses Gestein wird wegen des Einsturzes anfangen zu arbeiten. Dann kommt auch hier die Decke herunter.«

Rudolf ergriff Emmas Lampe, ging suchend hin und her und hielt sie an einen schmalen Spalt, der von oben bis unten eine Wand durchzog. Die Flamme schoss hell empor. Emma drückte ein Ohr gegen den Riss und horchte auf das leise Säuseln. Das Blut wich ihr aus dem Gesicht.

»Grubengas!«, flüsterte sie.

Es war nur wenig, aber sie wusste, dass Grubengas sich schnell ausbreiten konnte. Normalerweise sorgten die Wettertüren und Luftschächte für eine ausreichende Entlüftung, aber jetzt, da sie eingeschlossen waren, blieb das Gas hier hängen.

Rudolf ging durch die Kammer und hielt die Lampe hier und da zur Decke empor. Die Flamme brannte immer heller und blauer. Aus Angst, eine Stichflamme zu verursachen, ließ er sie wieder sinken.

»Gas kann sich nicht am Boden sammeln. Es steigt auf. Wenn wir also die Lampe unten halten, kann nichts passieren«, versicherte er.

Eigentlich müssten sie die Lampe ganz löschen. Doch Emmas Angst vor der vollständigen Finsternis ließ sie schweigen.

Sie verließen den Raum und gingen gebückt in den Stollen zurück, aus dem sie gekommen waren. Hin und wieder rieselte feiner Sand von der Decke herab, doch die Stempel schienen zu halten. Direkt neben der Einsturzstelle setzten sie sich in die dicke Schicht Kohlenstaub. Rudolf nahm ein Stück Steinkohle und klopfte damit regelmäßig an die Kohlenader. Er drückte sein Ohr an die Wand und horchte.

Nichts.

Unermüdlich gab er weiter Klopfzeichen. Zweimal kurz – Pause – zweimal kurz. Es überraschte Emma, dass er das Klopfzeichen kannte.

»Wenn sie unten sind, müssen sie es hören. Die Steinkohle überträgt das Geräusch sehr weit«, sagte Emma. Sie stellte die Lampe vor sich auf den Boden, starrte in die Flamme und dachte an Keubes Familie.

Ob es Verschüttete gab, die niemals gefunden wurden?

Sie versuchte, ihre Angst hinunterzuschlucken. Natürlich

würden sie gefunden werden! Bei der Einsturzstelle würde der Rettungstrupp zuerst suchen. Und sie waren unverletzt. Eine Weile würden sie es hier sicher noch aushalten.

Gerade als sie sich ein wenig ruhiger fühlte, durchfuhr sie ein neuerlicher Schock.

Papa! Die Jungen!

Aber nein, sie waren ja in einem ganz anderen Teil der Zeche gewesen. Wahrscheinlich standen sie jetzt oben am Rand des Schachts und sahen zu, wie die Toten und Verwundeten heraufgeholt wurden. – Vielleicht würden sie beide tatsächlich nie geborgen werden. Dann würden sie hier unten sterben und liegen bleiben, bis ihre Körper vergingen.

Emma fühlte, wie eine schwere Hand auf ihrer Brust langsam alle Luft aus ihr presste. Mühsam holte sie Atem und versuchte, sich von der drückenden Last zu befreien.

An etwas anderes denken! An Geschichten von Bergleuten, die doch noch gerettet worden waren.

Doch das einzige Bild, das sie vor sich sah, war das der unter Steinkohle begrabenen Veerle. Veerle, die auf Hilfe gewartet hatte, tagelang, vergeblich.

Tagelang! Ob sie wohl Sauerstoff für mehrere Tage hatten?

Da war sie wieder, die schwere Hand. Emma brach der Schweiß aus. Sie atmete tief durch.

Klopf, klopf… klopf, klopf.

Rudolfs monotones Pochen war das einzige Geräusch, das die Stille durchbrach, während die Zeit verstrich.

Wie lange sie wohl schon hier saßen? Emma hatte jegliches Zeitgefühl verloren. Die Welt war auf einen schmalen Gang zusammengeschrumpft, in dem sie kaum aufrecht stehen konnten und in dem die Stille schwer auf ihnen lastete.

Ihr einziger Halt war das tanzende Flämmchen in der

Lampe. Ob das Grubengas wohl sehr gefährlich war? Sollten sie die Lampe doch besser löschen?

Noch nicht, noch ein klein wenig warten…

Emma schaute zu Rudolf hinüber. Er wirkte so ruhig, als könnte ihn nichts aus der Fassung bringen. Aber dann bemerkte sie, dass er sich ständig nervös mit der Hand durchs Haar fuhr. »Es hätte alles viel besser abgestützt werden müssen«, hörte sie ihn murmeln.

Diese Bemerkung ließ sie einen Augenblick vergessen, wem sie gegenübersaß.

»Stützen kostet Zeit. Zeit, die nicht bezahlt wird.«

Ihre Stimme klang scharf und sie schluckte die Worte, die sie eigentlich noch hatte hinzufügen wollen, schnell herunter. Schließlich konnte sie keinen Streit mit Rudolf Brandenburg anfangen, schon gar nicht in dieser Situation.

Warum sprach er eigentlich nicht mit ihr?

Emma spähte zu ihm hinüber. Nur zu gern hätte sie über irgendetwas gesprochen, nur um ihre und seine Stimme zu hören. Um die Stille zu durchbrechen. Aber ihr fiel nichts ein. Emma kämpfte gegen die wachsende Verzweiflung. Mutlos zog sie die Knie an und verbarg das Gesicht in den Armen.

»Weißt du eigentlich, wie das alles entstanden ist?«, begann Rudolf plötzlich.

»Was?«, fragte sie gepresst.

»Steinkohle. Weißt du, wie die entstanden ist?«

»Nein.«

»Es sind eigentlich Pflanzen und Bäume, Millionen Jahre alt. Irgendwann sind sie durch Stürme oder Überflutungen umgestürzt, einer über den anderen. Sie bildeten eine dicke Schicht, auf der sich durch weitere Überflutungen Lehm und Sand ablagerten. So ging es immer weiter. Und weil diese Schicht von pflanzlichen Überresten ganz und gar von der Luft abgeschlossen war, wurden sie im Laufe der Zeit zu Kohle. Also sitzen wir jetzt eigentlich im Wald.«

Rudolf lachte und Emma bemerkte, dass er ganz anders war, als sie gedacht hatte. Er geriet nicht in Panik, machte ihr keine Vorwürfe und versuchte sogar, sie aufzurichten. Sie schaute in sein Gesicht, aus dem das Lachen wieder gewichen war. Sie wollte etwas sagen, wusste aber nicht, was.

»Emma, wenn du dir etwas wünschen dürftest, was wäre das?«, sagte Rudolf in die Stille hinein.

Darüber brauchte Emma nicht lange nachzudenken. Sie stellte sich die Lampe aufs Knie und blickte so konzentriert hinein, als wäre sie eine Zauberkugel.

»Raus aus dem Bergwerk. Zurück zu unserem Bauernhof nach Slenaken. Aber das wird sicher nie geschehen…« Ihre Stimme war leise. Sie warf einen schnellen Blick zu Rudolf hinüber. Er schaute sie aufmerksam an, selbst als sie wieder schwieg.

»Kommst du aus Slenaken?«, half er ihr weiter.

»Ja, aus Slenaken…« Emma hörte die Kirchturmuhr schlagen, sah sich in den hügeligen Feldern stehen, während das Glockengeläut über die Äcker hallte. Hinter sich wusste sie den Hof, umgeben von Feldblumen.

»Wir konnten dort nicht bleiben«, flüsterte sie. »Die Kartoffelernte war verdorben und davon hätten wir den ganzen Winter lang leben müssen…«

Sie schwieg, blickte Rudolf wieder kurz an. Er hörte mit ernster Miene zu.

»Zuerst hatten wir nur keinen Zucker mehr im Brei. Dann gab es sonntags kein Fleisch mehr. Papa schlachtete die Schweine und verkaufte das Fleisch. Und mit der Pacht gerieten wir immer weiter in Rückstand…«

Emma brach ihren Satz ab, denn ihr wurde schwindlig.

Es war, als würde die Luft immer knapper. Sie atmete stoßweise.

Sie lehnte den Kopf an die Kohlenwand, aber das
Schwindelgefühl verstärkte sich.

»Die Ernte war überall verdorben... nicht nur bei uns.
Niemand konnte uns helfen«, flüsterte sie. »Eines Tages
stand gar nichts mehr auf dem Tisch. Die Ställe waren leer.
Wir hatten nur noch den Ochsen, eine Kuh und eine Ziege.
Der Hühnerstall war leer. Es gab auch keine Eier mehr...«

Rudolf hörte weiter zu. Was mochte er wohl denken? Wie
konnte sie ihm die Verzweiflung, die sie damals empfunden
hatten, deutlich machen? Sie fand nicht die richtigen
Worte. Vielleicht interessierte es ihn auch gar nicht.

»Und dann?«, fragte Rudolf, als Emma nicht weiter-
sprach.

»Der Grundherr wollte seine Pacht.«

»Und die hattet ihr nicht.«

»Nein...« Sie starrte auf die glänzende Kohlenwand gegenüber. »Er setzte uns auf die Straße.«

Sie war froh und enttäuscht zugleich, dass Rudolf
schwieg. Er nickte nur. Danach war die Stille noch drücken-
der.

Schweigend saßen sie beieinander, bis Emma angespannt
sagte: »Die Flamme wird größer.« Ihre Köpfe näherten sich
einander für einen kurzen Augenblick. Beunruhigt beobachteten sie die Flamme, die plötzlich hoch und blau
brannte.

Das Gas!

Rudolf ergriff die Lampe und erhob sich. Emma eilte ihm
nach. Alle paar Schritte blieb er stehen und hielt die Lampe
in die Höhe. Je näher sie der eingestürzten Kammer kamen,
desto höher brannte die Flamme. Rudolf ließ die Lampe
wieder sinken, doch die Flamme wurde nicht kleiner.

»Das Gas breitet sich aus«, sagte er besorgt. »Womöglich explodiert die Lampe. Sie verbraucht auch zu viel Sauerstoff. Wir müssen sie löschen.«

»Ja…«

Rudolfs Hand näherte sich dem Stellrädchen der Lampe.

»Nein! Warte!« Emmas Stimme überschlug sich und Rudolf ließ die Hand sinken.

Intensiv starrte Emma in die Flamme, dann blickte sie auf, sah die bizarren Schatten an den Wänden.

»Emma, ich *muss* sie jetzt löschen…«

Sie schauten einander an, während Rudolf ganz langsam die Lampe ausdrehte. Die Flamme wurde kleiner und kleiner, bis sie nur noch ein Pünktchen war, das kaum noch Licht gab. Dann erlosch sie ganz. Die Finsternis kroch auf sie zu, umschloss sie. Emma sperrte die Augen weit auf, doch wohin sie den Blick auch richtete, die Schwärze war überall, drückte sie nieder, fiel über sie her, als wolle sie sie zermalmen. Sie unterdrückte einen Schrei, streckte blindlings die Hand aus und spürte Rudolf unmittelbar neben sich. Er ergriff ihre Hand und hielt sie fest.

»Würdest du den Stolleneingang noch wieder finden?«

Jetzt, da Emma ihn nicht mehr sehen konnte, klang seine Stimme fremd.

»Wir stehen genau davor«, sagte sie heiser.

»Gut, dann tasten wir uns zurück.«

Emma wandte sich um und ließ ihre Hand über die Wand gleiten, bis sie den Eingang gefunden hatte.

»Hier ist es. Bück dich!«

Hand in Hand betraten sie vorsichtig den Stollen. Es war schwierig, so ohne Licht. Der Boden war uneben und lag voller Kohlebrocken. Mehrere Male strauchelten sie und verletzten sich dabei. In einer leichten Stollenbiegung stieß Emma sich den Kopf an der Wand. Trotz ihrer Schutzkappe war es ein heftiger Stoß. Sie sah Sternchen vor den Augen.

»Hast du dir sehr wehgetan?«, fragte Rudolf besorgt.

Behutsam zog er Emma zu Boden. Sie hielt sich stöhnend den schmerzenden Kopf.

»Sitz ganz still«, riet er. »Beweg dich nicht.«

Das hatte sie auch gar nicht vor.

Dann saßen sie dicht beieinander an die Wand gelehnt und warteten. Etwas anderes konnten sie nicht mehr tun.

Es war nicht die Stille, die Emma fast verrückt machte. Sie hörte ihren Atem noch, das Wispern des Wassers, das an einer Wand herabrieselte, und hin und wieder ein dumpfes Grollen irgendwo in der Tiefe. Es war nicht kalt in dem engen Raum und Hunger hatte sie eigentlich auch nicht. Wenn sie nur hätte sehen können! Dieses Sitzen hier in der Tiefe der Erde, ohne einen Schimmer Licht, gab ihr das Gefühl, schon tot und begraben zu sein. Und nach einer Weile begann der Durst sie zu quälen. Kohlenstaub vermischte sich mit dem Speichel und bildete eine harte Kruste auf den Lippen. Sie sammelten den Speichel und spien ihn aus, denn der Staub reizte die Kehle.

Emma kroch auf Händen und Füßen da hin, wo sie Wasser rinnen hörte. Ihre Hände suchten nach einer Pfütze. Vergeblich: Das wenige Wasser wurde sofort von der dicken Kohlenstaubschicht auf dem Boden aufgesogen. So kroch sie wieder zu Rudolf zurück, der mit der Zunge schnalzte, um ihr die Richtung zu weisen. Als sie wieder neben ihm saß, umschloss er fest ihre Hand. In dieser vollkommenen Einsamkeit war es tröstlich, den anderen atmen zu hören, etwas Lebendiges neben sich zu wissen.

Sie lehnte sich mit geschlossenen Augen an die Wand. Es würde keine Hilfe kommen. Niemand wusste, dass sie in diesen Seitenstollen geflüchtet waren. Sie würden hier sterben.

Der Druck auf der Brust wurde stärker. Unsichtbare Mauern schoben sich langsam auf sie zu, drängten sich gegen sie, erdrückten sie mit der Stille. Am liebsten hätte sie geschrien, aber sie fürchtete die Verzweiflung in ihrer Stimme.

Ihr Kopf begann zu hämmern. Das Dröhnen wurde immer stärker, erfüllte den ganzen Stollen. Emma presste die Fäuste an die Schläfen.

»Emma?«, flüsterte Rudolf.

»Ja?«

»Es tut mir Leid.«

Eine Weile blieb es still. Sie wusste nicht, was sie sagen sollte. *Was* tat ihm Leid?

Dann hörte sie ihn abermals flüstern: »Siebzehn Jahre lang habe ich hier gelebt, ohne zu wissen, was sich hier unten abspielt. Es tut mir Leid.«

Es klang ehrlich. Emma saß ganz still und starrte in die Finsternis. Sie bedauerte, sein Gesicht nicht sehen zu können. Jetzt hätte sie ihm gern in die Augen geschaut.

6

Sie saßen nahe beieinander. Emma ließ ständig die Augen umherwandern. So musste es sein, wenn man blind war: Die Augen sind weit offen und man sieht trotzdem nichts. Selbst die Nacht war nie so dunkel, sondern löste sich in Dunkelblau- oder Grautöne auf. Hier, zweihundert Meter unter der Erde, blieb alles Furcht erregend schwarz. Und still. Nichts wies auf nahende Hilfe hin. Niemand wusste, dass sie noch lebten. Niemand wusste, wo man suchen sollte. Vielleicht hatten sie es schon aufgegeben. In ihren schlimmsten Befürchtungen sah Emma den Rettungstrupp entmutigt aus dem Schacht steigen, wo die Angehörigen hoffnungsvoll warteten.

Wieder nichts. Es hat keinen Sinn, noch weiterzusuchen. Da unten lebt keiner mehr.

Sie würden in der Sankt-Lambertus-Kirche einen Trauergottesdienst halten, ihre Mutter würde sich die Augen aus dem Kopf weinen, ihr Vater schelten und fluchen, dass es eine Art hätte. Und die ganze Zeit über würden sie hier sitzen und vergeblich auf Hilfe warten.

Emma holte mühsam Luft.

Sie musste aufhören, so zu denken. Wie sie ihren Vater kannte, würde er notfalls mit bloßen Händen die Trümmer aus den Stollen räumen, um sie heraufzuholen, tot oder lebendig.

Benommen von der Dunkelheit, lehnte sie den Kopf an die Wand. Ihr war schwindlig. Die Kohle strömte einen scharfen Geruch aus, der sich mit ihrem Atem und Schweiß vermischte. Die Minuten reihten sich zu Stunden, ohne dass sie genau wusste, wie viel Zeit verstrichen war. Emma atmete immer hastiger, bekam jedoch nicht mehr Luft. Sie fühlte sich elend dabei, konnte aber nicht aufhören. Ihr rasselnder, jagender Atem erfüllte den Stollen. Schließlich sog sie die Luft nur noch in kurzen Stößen ein, ohne richtig auszuatmen.

Dann spürte sie Rudolfs Hände an ihren. Er führte sie ihr an den Mund und sagte: »Bilde mit den Händen eine kleine Mulde. Atme aus. Gut so! Und jetzt atme dieselbe Luft wieder ein. Langsam!«

Es gelang ihr nicht.

»Ich ersticke!«, keuchte sie.

»Du erstickst nicht.« Rudolfs Stimme klang beruhigend. »Es ist genug Luft zum Atmen da. Atme ein, Emma. Und ruhig wieder aus. Gut so. Atme weiter in die Mulde.«

Als Emma sich ein wenig gefasst hatte, sagte er: »Wir legen uns auf den Boden. Dahin kommt das Gas zuletzt. Komm Emma, leg dich hin. Sie finden uns bestimmt!«

Aber es gelang Emma nicht, die würgende Angst abzuschütteln, die ihr die Kehle zuschnürte. Erst recht nicht im Liegen. Mauern aus Finsternis und Stille rückten wieder auf sie zu, stürzten auf sie.

»Ich will nicht sterben«, flüsterte sie. »Oh Gott, ich will nicht sterben!«

»Wir sterben nicht. Wir liegen direkt bei der Einsturzstelle, da werden sie ganz bestimmt suchen. Und wenn wir
gerettet sind, gehe ich hier weg. Weißt du, was ich tun
werde?«

Stille.

»Ich will Fotograf werden. Mein Vater hält nichts davon,
aber wenn wir hier raus sind, lasse ich mich nicht mehr
daran hindern.« Rudolfs Stimme wurde jetzt auch schwächer.

Emma gab keine Antwort. Einatmen... ruhig wieder aus-
atmen... Was hatte er da gerade gesagt? Fotograf? Was war
denn das?

»Hast du schon mal eine Fotografie gesehen?«, flüsterte
Rudolf.

»Nein...«

»Eine Fotografie ist eine Art Abbildung... aber nicht gezeichnet oder gemalt, sondern wirklich.« Rudolfs Worte kamen immer mühsamer.

»Oh...«

»Ich werde auch... Fotografien machen. Wenn... wenn
ich hier rauskomme...«

Emma schaute nach oben, wo die Firste sein musste, genau über ihnen, doch unsichtbar. Und darüber Gestein,
Sand, Kohle, noch mehr Gestein und Sand. Und darüber
Gras, frische Luft, Wolken an einem blauen Himmel. Sie
aber lag in einem engen Stollen, in dem sie nach Luft rin-
gen musste. Nie mehr würde sie fühlen, wie der Frost ins
Gesicht biss, nie mehr die Sonnenwärme spüren.

Sie tastete um sich und fühlte kaltes Gestein. Wie von
allein sprach sie Gebete, die die Stille durchbrachen.

»Heilige Maria, Mutter Gottes, bitte für uns Sünder, jetzt
und in der Stunde unseres Todes. Heilige Maria...«

Sie merkte, wie ihr Hals sich zuschnürte, wie sich ihre

Augen mit Tränen füllten. Ihre Stimme stockte. Eine Stimme aus dem Nichts übernahm ihre Gebete. Emma klammerte sich an den tröstlichen Klang. Gemeinsam beteten sie und Emma tastete nach Rudolfs Hand. Seine Finger schlossen sich fest um die ihren und ließen ihre Hand nicht mehr los.

Emma vernahm ein entferntes Dröhnen.

Sie spitzte die Ohren. Was war das? Sie horchte und merkte erst jetzt, dass sie eingenickt war.

Leichte Vibrationen in der Erde verrieten... ja, was? Einen neuerlichen Einsturz? Sie begann zu zittern, beruhigte sich aber wieder. Nein, so hörte es sich nicht an.

Sie drückte Rudolfs Hand, aber er reagierte nicht. Emma ließ ihn los. Ihre Hand suchte den Kohlebrocken, den sie irgendwo neben sich wusste. Sie umklammerte ihn, doch es kostete sie größte Mühe, damit an die Wand zu schlagen.

Aus sehr weiter Ferne ertönten dumpfe Schläge. Wurde da geantwortet? Sie horchte aufmerksamer, aber ihr Herz begann so heftig zu pochen, dass es alles übertönte. Sie wartete, bis sich der Herzschlag beruhigt hatte, und horchte abermals. Da war es wieder! Ja, es schienen Schläge von Hacken zu sein. Aber sie kamen aus so großer Ferne! Woher nur?

Emma schlummerte wieder ein. Als sie wieder zu sich kam, wusste sie nicht, wie viel Zeit verstrichen war. Der Berg war wieder in beklemmende Stille gehüllt. Keine Hackenschläge, kein Dröhnen, nichts.

Bestimmt hatte sie sich die Geräusche nur eingebildet. Es würde keine Rettung kommen.

Sie ließ den Kopf zur Seite sinken.

Sie träumte, dass sie gestorben sei, oder jedenfalls, dass die Leute sie für tot hielten. Sie legten sie in einen Sarg, ohne dass sie sich wehren konnte. Sie kriegte die Augen nicht auf. Sie wollte schreien, bekam aber keinen Laut heraus. Der Sarg wurde zugenagelt und langsam in die Tiefe hinabgesenkt. Sie schaukelte hin und her, während es immer kälter um sie wurde. Mit den Füßen trat sie gegen den Sargdeckel, schlug mit den Armen um sich und schrie, schrie!

Doch es kam keine Reaktion. Nur das dumpfe Aufprallen der Erde auf dem Sarg und das Gemurmel von Gebeten drangen zu ihr. Dann wurden die Stimmen undeutlicher und das Aufprallen wich einer tiefen, tödlichen Stille.

Die Luft im Sarg war schnell verbraucht. Es wurde beklemmender, immer beklemmender. Sie drehte sich, kämpfte – und erstickte, auf dem Bauch liegend.

Emma riss die Augen weit auf. Ihr Atem ging jagend, sie war schweißnass. In Panik versuchte sie, um sich zu schauen, doch ihre Augen fanden in der Finsternis keinen Anhaltspunkt. Sie streckte den Arm aus. Freier Raum. Kein Sarg.

Ihr anderer Arm berührte eine harte, kalte Wand. Dann roch sie die Steinkohle und die muffige Erdluft. Einen Augenblick lang war sie erleichtert, doch dann musste sie heftig schlucken, um nicht in völlige Verzweiflung zu versinken. Immer noch lagen sie unter der Erde. Niemand war gekommen. Der Angsttraum wurde Wirklichkeit. Immer häufiger verlor sie das Bewusstsein.

So leicht war es also zu sterben. Man merkte es nicht einmal.

Sie fühlte den Druck des Grubengases auf den Augen. Vorsichtig holte sie Luft. Seltsam, beim Atmen merkte man nichts von dem Gas. Es war nur ein etwas sonderbares Gefühl im Kopf. Und wieder wurde sie so furchtbar schläfrig ...

»Rudolf?«, flüsterte sie.

Keine Antwort.

Sie stieß ihn leicht an und hörte ihn etwas Unzusammen-
hängendes murmeln.

»Ich hätte… so gern… etwas getan«, flüsterte er kaum
hörbar. »Aber es ist… zu spät… Es ist…«

Seine Stimme erstarb.

»Rudolf!«, presste sie erschrocken hervor.

Stille.

Dann zog die schreckliche Trägheit sie wieder hinab, tiefer und tiefer in die Dunkelheit.

Merkwürdig. Sie hatte immer gemeint, sie würde beim
Sterben in Panik geraten und verzweifelt gegen den Tod ankämpfen. Stattdessen fühlte sie, wie ganz allmählich alle
Kraft und aller Kampfeswille aus ihr herausströmten. Gas
drang in den Stollen ein, der Tod schlich hinterher. Sie sah
ihn kommen, unfähig, sich gegen ihn zu wehren. Sie war ja
auch so müde, so schrecklich müde…

Wie leicht war es, die Augen zu schließen und aufzuge-
ben! Sich einfach fallen zu lassen ins Nichts, wohin die bangen Gedanken einem nicht folgen konnten.

Wieder drangen Geräusche in den Stollen, doch die erreichten sie nicht mehr. Langsam schwebte sie davon, weiter und weiter…

Das Licht blendete. Alles war so hell, dass es schmerzte.
Emma ließ sich in das vertraute Schwarz zurücksinken.

»Wach bleiben! Komm schon! Mach die Augen auf, Mädchen!«

Eine barsche Stimme ließ sie erschreckt hochfahren. Sie
riss die Augen auf und stieß einen Schmerzensschrei aus.
Dieses Licht, dieses unglaublich grelle Licht!

»Alles in Ordnung mit ihr?«

»Es scheint so.«

»Und der Junge?«

Die Stimmen verflüchtigten sich wieder. Emma spürte, dass sie fortgetragen wurde. Jemand hielt ihr etwas an die Lippen. Wasser lief ihr übers Kinn. Schnell öffnete sie den Mund und trank. Wasser!

Sie hätte gern die Augen ein wenig geöffnet, um zu sehen, wer ihr zu trinken gab, doch selbst das bisschen Licht, das durch ihre Wimpern drang, war zu viel. Langsam trieb sie wieder fort...

Als sie die Augen öffnete, war es dunkel. Ein angenehmes, beruhigendes Dunkel, an das sich die Augen schnell gewöhnten. Je länger sie hinschaute, desto mehr Gegenstände konnte sie erkennen. Sie lag in ihrem eigenen Bett, in der Dachkammer. Zu Hause – Gott sei Dank, sie war zu Hause! Sie sah Maykes verschlissene Stoffpuppe neben sich. Das immer wieder geflickte Spielzeug roch nach Stoff, an dem viel herumgenuckelt worden war. Eigentlich war es ein schmutziges Ding, doch Emma ergriff die Puppe und drückte sie an die Wange.

Wie mochte sie hierher gekommen sein? Sie war gerettet, aber sie hatte nichts von ihrer Rettung mitbekommen. Doch. Ganz kurz, als sie schon über der Erde gewesen war. Was war davor geschehen? Hatten sie ihre Klopfzeichen gehört? War sie bewusstlos gewesen? Bestimmt. Rudolf!

Beim Gedanken an ihn stockte Emma der Atem. Er hatte so leblos dagelegen... Ihr brach der Schweiß aus.

Die Treppe knarrte. Ganz leise kam ihre Mutter herauf.

»Emma?«

Emma richtete sich auf. Annekatrien setzte sich auf die Bettkante. Wortlos nahmen sie einander in die Arme.

»Oh, Emma!«, sagte Annekatrien schließlich und streichelte ihrer Tochter die Wange. »Ich hab so inständig für dich gebetet... und Gott hat meine Gebete erhört. Es ist ein Wunder, dass dir nichts fehlt. Wie fühlst du dich?«

»Es geht. Mein Kopf tut weh.«

Emma sank ins Bett zurück und schloss die Augen. Doch plötzlich öffnete sie sie wieder und flüsterte: »Rudolf?«

»Er lebt.«

Die Angst wich, ihr Körper entspannte sich.

»Er war nicht einmal böse … kannst du dir das vorstellen, Mama? Er war nicht einmal böse.«

»Wer? Rudolf?«

»Ja. Es war meine Schuld.«

»Du hast doch die Zeche nicht einstürzen lassen!«

»Ich hab ihn mitgenommen, tief ins Bergwerk, bis zu einer gefährlichen Stelle. Und dann ist der Stollen eingestürzt.«

Von unten waren Gemurmel und schwerer Husten zu hören.

»Ist das Papa?«, fragte Emma erstaunt.

»Ja.«

»Was macht Papa zu Hause? Und wo sind die Jungen?«

»Bei der Arbeit. Sofie auch. Vater hatte einen Unfall. Es gab einen zweiten Einsturz, als sie versuchten, dich und den Jungen zu erreichen. Zum Glück wurde niemand unter den Trümmern verschüttet, aber Papa fiel ein Stützbalken aufs Bein. Es ist gebrochen, sagt Doktor Ackens, aber er meint, es würde wieder in Ordnung kommen, wenn Papa es ruhig hält.«

Annekatrien beugte sich über Emma und küsste sie auf die Wange. »Ich hole dir was zu essen.«

Sie zog ein Tuch vor dem hohen, schmalen Dachfensterchen beiseite. Licht fiel herein.

»Es ist ja Tag!«, stellte Emma erstaunt fest.

»Aber ja! Hast du gedacht, es ist Abend? Nun ja, es ist auch recht dunkel.«

»Aber … wie lange waren wir da unten eingeschlossen? War es heute Morgen, als der Stollen einstürzte?«

»Nein, gestern. Ihr habt einen Nachmittag und eine ganze Nacht da unten verbracht. Heute Morgen haben wir gehört, dass sie noch zwei Überlebende gefunden haben. Sie hatten jemanden klopfen hören, aber sie konnten nicht so schnell feststellen, woher es kam. Ich bin gleich mit den Kleinen zum Bergwerk gelaufen und hab gesehen, wie du heraufgeholt wurdest. Kind, wie du ausgesehen hast! So schlaff, so leblos und mit dieser bösen Wunde am Kopf! Ich hab so geweint, ich dachte, du wärst tot. Und jetzt sind die Jungen schon wieder da unten... Mein Gott, wie soll ich je wieder eine ruhige Minute haben?«

Annekatrien schauderte und schüttelte den Kopf. »Ich hab Wasser für den Bottich auf dem Herd. Ich richte ihn dir her, dann kannst du dich waschen und ich säubere derweil dein Bett. Ich hab schon versucht, dich im Bett zu waschen, aber es ging nicht besonders gut. Sieh nur, alles ist schwarz.«

Mühsam stand Emma auf und ging, auf das Geländer gestützt, mit kleinen Schritten die Treppe hinab. Sie fühlte sich noch unsicher auf den Beinen.

Inzwischen war ihre Mutter unten eifrig beschäftigt. Der Holzbottich stand schon mitten im Zimmer. Henk saß am Tisch, sein Bein ruhte auf einem Stuhl mit einem Kissen. Ausdruckslos starrte er aus dem Fenster, aber es hatte nicht den Anschein, als sähe er dort wirklich etwas.

»Papa?«, sagte Emma zögernd.

Er schien sie gar nicht zu hören.

Annekatrien war nach oben gegangen und kam gerade mit Emmas schmutzigem Bettzeug wieder herunter.

»Henk, Emma ist auf!«

Henk sah hoch.

»Emma...«, wiederholte er. Seine Stimme klang fremd. Und schon starrte er wieder aus dem Fenster.

Emma stand ein bisschen unschlüssig daneben. Gerade als sie sich abwenden wollte, begann ihr Vater wieder zu sprechen.

»Es ist alles nur immer schlimmer geworden«, sagte er tonlos. »Warum sind wir nur fortgegangen? Ebenso gut hätten wir dort bleiben können. Wie hart man auch arbeitet, am Ende der Woche hat man noch mehr Hunger als am Anfang.«

Emma schaute hinaus. Alles war tief verschneit. Kleine Kinder schlidderten die Straße entlang oder bauten Schneemänner. Auch Mayke vergnügte sich fröhlich im Freien. Doch auf die weiße Decke hatte sich eine feine Schicht Kohlenstaub gelegt, die den Schnee schwarz färbte.

Ob Rudolf schon bei Bewusstsein war? Ob er an sie dachte?

Emma stieg in den Bottich und wusch sich den Kohlenstaub vom Körper. Ab und zu warf sie verstohlen einen Blick zu ihrem Vater hin. Was mochten ihre Eltern ausgestanden haben in all den Stunden, in denen sie sie für tot hielten? Und obwohl sie unversehrt zurückgekommen war, hing eine Schwermut im Haus, die sich wie eine drückende Last auf sie legte.

Als Emma sich gewaschen und ein sauberes Nachthemd angezogen hatte, begann es von neuem zu schneien. Entzückt betrachtete sie die weißen Flocken, die die graue Schmiere draußen zudeckten.

Ich will nie mehr da hinunter, dachte sie.

Bei dem Gedanken an das Bergwerk wurde ihr plötzlich ganz schwindlig und übel. Sie schleppte sich die Treppe hinauf und war dankbar, als sie endlich in ihrem sauberen Bett lag. Sobald sie die Augen schloss, meinte sie in einen bodenlosen Abgrund zu stürzen.

Sie wachte erst wieder auf, als ihre Brüder und Sofie aus

dem Bergwerk zurückkehrten. Es war schon dunkel und Essensdüfte drangen ihr in die Nase. Vorsichtig stand sie auf. Ihr Kopf schmerzte noch, aber jetzt, nachdem sie gut geschlafen hatte, fühlte sie sich schon viel besser. Langsam stieg sie die Treppe hinunter und sofort fiel Sofie ihr in die Arme.

Auch Volkert kam auf sie zu und legte ihr mit unnatürlich breitem Grinsen eine schwarze Hand auf die Schulter.

»Schön, dich wieder zu sehen, Schwesterherz!«

Seine Stimme klang, als hätte er nie daran gezweifelt, sie wieder zu sehen, aber er ließ seine Hand lange und schwer auf ihrer Schulter ruhen.

Tom blieb im Hintergrund und lachte Emma verlegen an, als sie ihm durchs dichte braune Haar fuhr.

»Na, wie sieht's aus, Kerlchen?«

»Gut, Emma. Ich bin so froh, dass du noch lebst!« Plötzlich schmiegte er sich an sie und umarmte sie. »Wir dachten, du wärst tot. Papa hat nach dir gesucht und dann hat er sich das Bein gebrochen.«

»Ja…« Emma bemerkte, dass ihr Vater schon wieder aus dem Fenster starrte.

»Henk, lass uns essen«, sagte Annekatrien.

Dreimal musste sie mahnen, bis ihr Mann reagierte. Unterdessen löffelten Tom und Sofie um die Wette Bohnen aus der Schüssel, die mitten auf dem Tisch stand. Mayke versuchte, sich dazwischenzudrängen, wurde aber von Sofies Ellenbogen auf Abstand gehalten.

»Mama!«, rief sie.

Annekatrien zog Tom und Sofie zurück.

»Wollt ihr wohl warten!«, schimpfte sie.

Und Tom und Sofie warteten, die Löffel im Anschlag.

Kaum saßen alle am Tisch, stürzten die beiden sich wieder auf die Schüssel.

»Wie geht es denn jetzt weiter mit Papas Bein?«, fragte Emma.

»Abwarten, hat der Doktor gesagt. Wir müssen abwarten, ob der Bruch richtig heilt.«

Auch wenn Annekatrien versuchte, sich ihre Sorge nicht anmerken zu lassen, verstand Emma sie nur allzu gut. Zwei Kranke im Haus, das bedeutete zwei Löhne weniger.

»Ich bin nicht krank, ich kann morgen wieder arbeiten«, kündigte sie an.

Doch als sie aufstand, drehte sich alles um sie, sodass sie sich am Tisch festklammern musste, um nicht zu fallen. Volkert schob schnell seinen Stuhl zurück und half der Schwester die Treppe hinauf, zurück ins Bett.

»Hast du was auf den Kopf bekommen?«, fragte er.

»Nein, aber ich hab mich gestoßen.«

»Wir hätten nach Deutschland gehen sollen«, sagte Volkert. »Da haben sie eine Unterstützungskasse für Kranke. Das hat Keube erzählt. So was müssten sie hier auch haben und das werde ich ihnen auch sagen!«

»Mach das bloß nicht!«, sagte Emma besorgt. »Sonst verlierst du noch deine Arbeit.«

Gleichgültig zuckte Volkert mit den Schultern.

»Ich bleibe sowieso nicht lange hier.«

»Wie meinst du das, du bleibst nicht lange hier? Wohin willst du denn sonst?«

»Weiß ich nicht. Weg, einfach weg.«

»Volkert, das kannst du nicht machen! Papa und Mama brauchen deinen Lohn!«

»Ich suche mir woanders Arbeit und schicke ihnen meinen Lohn. Mein Gott, Emma, du glaubst doch wohl nicht, dass ich mich für den Rest meines Lebens zweihundert Meter unter der Erde schinde? Und dann noch riskiere, lebendig begraben zu werden? Ich denke nicht daran!«

100

»Volkert ... «

»Ich geh noch nicht sofort. Werde du erst mal wieder gesund.« Volkert zog seiner Schwester die Decke ein wenig höher.

Emma schloss die Augen.

Zwei Tage später ging sie wieder zurück. Zurück in die Finsternis, tief unter der Erde. Die Entscheidung war ihr nicht einmal schwer gefallen, als sie gesehen hatte, wie ihre Mutter mit gesenktem Kopf vor dem leeren Vorratsschrank stand und murmelte: »Womit haben wir das nur verdient?«

Einige Tage hatten sie in Dominicus Bergsteins Laden Lebensmittel auf Kredit mitbekommen, aber als die Schulden sich häuften, hatte dessen Frau ein besorgtes Gesicht gemacht.

»Meine Liebe, ich würde es dir mit Freuden geben, aber wie gedenkst du es je zu bezahlen?«

Eigentlich war gar nichts mehr zu entscheiden gewesen. Sie musste einfach wieder zur Arbeit.

Es war noch stockdunkel, als Emma ihre Lampe bei Keube abholte. Der alte Mann ergriff ihre beiden Hände und umschloss sie fest. Tränen schimmerten in seinen Augen, aber er sagte kein Wort.

»Meine Lampe, Keube«, erinnerte Emma leise.

Keube nickte, drehte sich um und holte ihre Lampe aus dem Regal.

»Glück auf, Emma.«

»Danke.«

Jef stürmte auf sie zu, kaum dass sie in der Abbaukammer erschien.

»Emma! Ich hatte dich noch nicht zurückerwartet! Wie geht es dir?«

Weitere Kumpel kamen auf sie zu, die Kinder neugierig,

die Frauen gerührt, die Männer mit einem gewissen Respekt.

»Wie ist es nur möglich, dass sie dich lebend rausgekriegt haben! Sonst kamen nur Tote und Schwerverletzte rauf«, sagte Karel und legte ihr seine große Hand auf die Schulter. »Brandenburg war außer sich, als er entdeckte, dass sein Sohn noch unten war. Den ganzen Tag stand er am Schachteingang. Genau wie wir übrigens. Aber wir haben uns mehr Sorgen um dich gemacht.«

»Aber keiner hat sich so große Sorgen gemacht wie Jef, nicht?«, rief Keet und versetzte Jef einen kräftigen Rippenstoß.

Der lachte nur.

»Und dieser Sohn von Brandenburg? Wie hat der sich gehalten? Der ist doch sicher vor Angst fast gestorben, oder?«, fragte Truke mit überheblichem Lachen.

Sensationslüstern standen sie alle um Emma herum.

»Ich wette, er hat sich in die Hose gemacht!«

»Na, dann weiß er ja nun, wie wir uns jeden Tag fühlen.«

»Erzähl schon, hat er geheult?«

»Nein, gar nicht«, sagte Emma, aber ihre Stimme ging in Gelächter und lauten Spekulationen unter.

»Eigentlich ist er ein hübscher Kerl. Man kann mit schlimmeren Leuten begraben werden!«, rief Hendrika. »Hätte ich da unten mit ihm gelegen, hätte ich ihn mir schon warm gehalten!«

Diese Bemerkung löste lautes, anzügliches Gelächter bei den Frauen und vieldeutiges Grinsen bei den Männern aus.

Emma ließ sich von den Kumpel freundschaftlich stupsen und anlachen. Eins war sicher: Durch den Einsturz war sie eine von ihnen geworden. Später bei der Arbeit schleppte ein erfahrener Kumpel wie Piet, der sie bis dahin nie beachtet hatte, gutmütig ihren Korb das letzte Stück durch den Stollen. Keet gab gut auf sie Acht und stützte ihren Korb, als er Emma auf halber Strecke hinauf schwer wurde. Jef, der wie ein Wilder auf die Kohlenwand einhieb, strahlte Emma jedes Mal an, wenn sie aus dem Schacht zurückkehrte, wobei seine Zähne in dem schwarzen Gesicht blitzten.

»Geht es?«, fragte er. »Sonst unterbreche ich kurz und helfe dir.«

In der Pause setzte Haske sich zu ihr.

»Wie war er denn nun wirklich?«, fragte sie und biss in ihr Brot.

»Wer?«

»Der junge Brandenburg natürlich.«

»Eigentlich gar nicht übel«, meinte Emma.

»Wirklich? Ist er denn nicht in Panik geraten?«

»Nicht mehr als ich.« Sie zögerte. »Eigentlich hab ich es ihm zu verdanken, dass *ich* nicht in Panik geraten bin.«

Haske musterte sie ungläubig.

»Tatsächlich? Was hat er denn gemacht?«

»Er hat mit mir gesprochen. Und neben mir gelegen.«

»*Neben* dir gelegen?«, rief Haske mit wachsender Verblüffung und Erregung.

»Wir dachten, wir würden sterben«, erinnerte Emma sie.

»Das ist wahr«, hörten sie Trukes raue Stimme. »Angst lässt einen merkwürdige Dinge tun. Er hat es mit dir getrieben, was? Aber denk bloß nicht, dass er jetzt noch ein Wort mit dir redet!«

»Wir haben überhaupt nicht…« Emma brach der Schweiß aus. Alle blickten zu ihr herüber, stießen einander an und grinsten viel sagend.

»Seid ihr bald fertig?« Volkert sprang auf und schaute gereizt in die Runde.

»Lass sie doch tratschen.« Piet erhob sich und schaute geringschätzig auf die Frauen herab. »Als ob Emma auf so ein Reiche-Leute-Söhnchen gewartet hätte! Dafür ist sie doch viel zu vernünftig.«

»Was du schon vernünftig nennst«, spottete Hendrika. Sie war in Emmas Alter und nicht gerade wählerisch, wenn es um Jungen ging. »Ich hätte schon gewusst, was ich tue. Stellt euch vor, mit dem feinen Herrn! Heute Abend noch würde ich mich seinen Eltern als zukünftige Schwiegertochter vorstellen.«

Die Frauen lachten schallend. Ihre aufgesperrten Münder, denen Zwiebelgeruch entströmte, wiesen viele Zahnlücken auf. Die Zeiten, in denen sie einen Mann für sich interessieren konnten, lagen noch nicht so lange zurück. Sie waren kaum über dreißig und doch schon alt und verbraucht. So erreichte das Lachen in ihrem Gesicht auch nicht die Augen.

Emma raffte sich mühsam auf und ging mit Haske wieder an die Arbeit. Sie legten sich die Gurte ihrer Förderwagen an.

»Sie haben Recht«, sagte Haske zu Emma. »Was auch immer zwischen euch war, du brauchst nicht zu denken, dass er dich noch mal anguckt.«

Sie beugte sich vor, zog den Riemen straff und ging an ihr vorüber.

Emma schwieg.

7

Die Angst vor einem neuerlichen Einsturz verließ Emma keinen Augenblick mehr. Tag für Tag schleifte sie den Kohlenwagen durch die Stollen – immer mit dem Gefühl, die Wände und die niedrigen Firste stürzten auf sie herab. Und jedes Mal, wenn ihr zwischen den Stützbalken hindurch ein wenig Sand auf den Kopf rieselte, erschrak sie so heftig, dass ihr das Blut in den Ohren rauschte.

Als Schneeregen und Hagelschauer einsetzten, schlug das Fieber im Dorf zu. Annekatrien erkrankte daran und kurz darauf auch Sofie. Bei jedem Schauder fürchtete Emma, selbst krank zu werden. Das wäre eine Katastrophe gewesen! Jetzt, da Henk zu Hause saß, hing alles von Tom, Volkert und ihr ab. Zwar hatten sie weniger Körbe zu schleppen, weil Volkert nun allein hackte, aber sie verdienten auch viel weniger. Die Tage in der Zeche zogen sich endlos hin und am Ende der Schicht erwarteten sie ein kaltes Haus und leere Schüsseln. Abends fiel Emma völlig erschöpft ins Bett, dessen Decken so unordentlich dalagen wie am Morgen beim Aufstehen.

»Ich hab Halsschmerzen«, klagte Tom eines Morgens.

Emma befühlte seine Stirn. Sie war warm, aber nicht so erhitzt wie bei ihrer Mutter und Sofie.

»Schlimme Halsschmerzen?«, erkundigte sie sich.

»Nur beim Schlucken.«

»Dann spuck lieber aus. Wir können nicht auf dich verzichten, Tommie.«

Tom klagte zwar nicht mehr, aber als sie aufbrachen, schleppte er sich mühsam hinter Volkert und Emma her und sah so bleich und kläglich aus, dass Emma ein arges Schuldgefühl überkam. Unten in der Zeche behielt sie ihren Bruder im Auge und half ihm, wenn er keuchend aus den Stollen kroch. Aber ihr eigener Korb war auch bleischwer und es war noch nicht einmal zehn Uhr, als sie die doppelte Arbeit aufgeben musste. Am Abend hatte sie selbst Halsschmerzen. Kälteschauer liefen ihr über den ganzen Körper und ihr Kopf dröhnte vor Schmerz.

Das vergeht von allein wieder, redete sie sich ein.

Am Sonntag darauf sah sie bei der Messe in der Sankt-Lambertus-Kirche Rudolf wieder. Er strotzte vor Gesundheit. Zweifellos wurde er bestens umsorgt.

Emma fühlte seinen Blick auf sich gerichtet, doch sie scheute sich, ihn zu erwidern. Ihr Hals schmerzte noch immer und sie war müde, todmüde.

»Emma?«, flüsterte Mayke neben ihr.

»Hmm?«

»Mir ist so kalt.«

»Es *ist* kalt«, wisperte Emma und zog Mayke näher zu sich.

»Wo sind Volkert und Tom?« Auch Mayke versuchte, ganz leise zu sein, aber in den Bänken um sie herum schauten Leute ungehalten zu ihnen her.

»Pssst! Ich weiß es nicht. Sie sind schon vor uns aufgebrochen«, sagte sie ihr ins Ohr. »Und jetzt leise, hörst du? Der Pastor mag es nicht, wenn man während der Predigt spricht.«

Gehorsam blickte Mayke zur Kanzel. Emma ließ den Blick durch die Kirche schweifen, sah ihre Brüder aber nirgends. Wo mochten sich die beiden herumtreiben?

Sie begegnete Jefs Blick. Sie lächelten einander an. Nach der Messe wusste Jef es so einzurichten, dass er neben Emma durch den Mittelgang hinausging.

»Bist du allein mit deiner kleinen Schwester?«, fragte er.

»Ja. Volkert und Tom waren plötzlich verschwunden.« Sie nahm Mayke auf den Arm, die in dem Gedränge beklommen zu ihr aufschaute. »Ich kann nur hoffen, dass sie nichts aushecken.«

»Was sollten sie denn aushecken?«

»Ich weiß nicht, aber bei Volkert kann man nie sicher sein.«

Als sie die Kirche verließen, war der Himmel strahlend blau und es fror. Trotz der Kälte blieben die Leute noch auf ein Schwätzchen stehen.

»Wie geht es deinem Vater?«, fragte Jef.

Emma zuckte mit den Schultern.

»Doktor Ackens sagt, dass sein Bein wahrscheinlich ein wenig steif bleibt. Vielleicht wird er auch humpeln. Aber arbeiten kann er bestimmt wieder. Es dauert nur so lange und mein Vater hat am meisten verdient. Im Augenblick fehlt es uns wirklich an allem: Brot, Medikamente, Kohlen… Kohlen haben wir schon seit Tagen nicht mehr. Es ist so schrecklich kalt im Haus.«

»Und das, wo wir die ganze Woche von Kohle umgeben sind. Verrückt«, sagte Jef.

Emma nickte resigniert. An Jef vorbei schaute sie zu den Kutschen hinüber, die vor dem Kirchenportal bereitstanden, und wartete, bis Rudolf aus der Kirche trat. Als er endlich erschien, wandte sie sich Jef zu, doch aus den Augenwinkeln beobachtete sie Rudolf. Er blieb beim Portal stehen und lächelte Emma zu. Zögernd erwiderte sie sein Lächeln. Rudolf bestieg die Kutsche, die kurz darauf über das Straßenpflaster davonrumpelte und dabei fast ein Kind überrollte. Der wütende Blick, den die Mutter des kleinen Mädchens dem Fahrzeug nachwarf, ernüchterte Emma schlagartig. Sie drehte der Kutsche den Rücken zu und fragte Jef: »Was hast du gesagt? Ich hab es nicht verstanden.«

»Ich sagte, ich kann kaum glauben, dass du dasselbe Mädchen bist, das die ganze Woche pechschwarz die Kohlenkörbe durch die Stollen zieht. Du siehst so schön aus in diesem Kleid und mit dem Häubchen. Und weißt du eigentlich, dass du sehr schönes Haar hast? So lockig.«

Scheu berührte er Emmas Haar. Als erwache sie plötzlich, schaute Emma ihn an.

Mayke zerrte an ihrer Hand.

»Können wir nach Hause gehen, Em? Ich friere so.«

»Ja, wir gehen. Wiedersehen, Jef!«

»Wiedersehen, Emma. Bis morgen.«

Emma wandte sich um und ging mit Mayke in Richtung Einderweg. Sie lauschte auf das Knirschen des schmutzigen Schnees unter ihren Holzschuhen. Ein rauer Ostwind wirbelte Kohlenstaub von der Halde durch das Dorf und verwandelte die weiße Decke in eine schmierige, schwarze Masse. Die Schornsteine der meisten Fachwerkhäuschen rauchten und ließen den Schnee auf den Dächern tauen, doch bei den Mullenders lag noch eine dicke Schicht auf dem Dach.

Emma betrat das Haus. Drinnen war sie zwar vor dem Wind geschützt; ansonsten aber war es hier ebenso kalt wie auf dem Kirchplatz.

Ihr Vater saß regungslos am Fenster, sein Bein ruhte auf einem Stuhl. Oben hörte man starkes Husten.

Schnell stieg Emma hinauf. Zuerst schaute sie nach Sofie, die sich unruhig im Bett herumwarf. Ihre Stirn war heiß. Dann ging sie weiter zu der kleinen Kammer ihrer Eltern am Ende des kurzen Flures. Eigentlich war es eher eine etwas geräumigere Nische, in die nur knapp ein größeres Bett passte, das einen schmalen Gang freiließ. Emma trat an das Bett ihrer Mutter.

»Mama?«

Besorgt hörte sie die Mutter husten. Sie befühlte die Stirn. Fieber.

Emma zog die dünne Decke ein wenig höher. Es war eiskalt hier unterm Dach und der Eimer in der Ecke stank. Emma trug ihn hinunter und entleerte ihn im Häuschen im Garten. Später öffnete sie den Vorratsschrank. Sie schaute in den Fetttopf, doch er war so gründlich leer gekratzt, dass sogar Tonsplitter auf dem Boden lagen.

Mit einem tiefen Seufzer richtete sie sich auf und wandte sich dem Vater zu.

»Papa? Weißt du, wo Volkert und Tom sind?«

»Nein.«

»Waren sie nicht zu Hause?«

Henk brummelte etwas Unverständliches.

Missmutig guckte Emma in den leeren Vorratsschrank. Vielleicht saß Volkert ja im Wirtshaus.

»Mayke, bleib hier bei Papa«, sagte sie zu der Kleinen. »Ich muss noch mal kurz weg.«

Ihren Mantel hatte sie noch gar nicht ausgezogen. Sie verließ das Haus und eilte zum Dorfkrug am Markt, wobei sie mit den Holzschuhen fortwährend ausglitt. Im Wirtshaus war es so voll, dass die Scheiben beschlagen waren. Als Emma die Tür öffnete, schlug ihr ein Schwall aus Wärme und Genevergeruch entgegen. Männer und junge Burschen standen, von Rauchwolken umgeben, in Gruppen beieinander. Emma kniff die Augen zusammen und blickte sich suchend um. Kein Volkert. Sie sah nur Jef, der sich aus einer Gruppe löste und auf sie zukam.

»Hallo, Emma! Was machst du denn hier?« Sein Gesicht zeigte Erstaunen und seine Stimme klang hoffnungsvoll.

Er denkt, ich komme seinetwegen, schoss es Emma durch den Kopf.

»Jef, hast du Volkert gesehen?«

»Volkert?« Ein Schatten huschte über sein Gesicht. »Nein, den hab ich nicht gesehen.«

»Und Tom?«

»Auch nicht.«

Eine erschreckende Vorstellung drängte sich ihr auf: Volkert, der, mit Tom im Gefolge, in Bergsteins Laden stahl. Doch dann fiel ihr ein, wie oft er unverwandt zu der großen Kohlenhalde beim Schacht gestarrt hatte. Kohlen!

Ihr wurde übel. Da musste etwas passiert sein, etwas anderes war gar nicht denkbar.

»Probleme, Emma?« Keube trat heran und musterte sie besorgt.

Sie schüttelte den Kopf.

»Ich glaube doch. Soll ich dir suchen helfen? Warte, ich hole rasch meinen Mantel und komme mit«, bot Jef an.

»Nein, nein, nicht nötig.«

Wenn ihre Vermutung zutraf, ging das niemanden etwas an. Emma machte kehrt, stieß die Tür auf und eilte die Straße entlang, ehe Jef und Keube weiter auf sie einreden konnten.

Es begann zu schneien, doch der Wind hatte sich gelegt, sodass die Flocken sanft herabwirbelten.

Rutschend und schlitternd lief sie durch den Einderweg und blieb am Dorfausgang stehen. Angestrengt spähte sie zum Bergwerk hinüber, aber in der Ferne rührte sich nichts. Sie zögerte. Sollte sie hingehen?

»Volkert!«, rief sie.

Ihre Stimme hallte weit über die stillen Felder, doch Antwort erhielt sie nicht. Dort war er also nicht. Wahrscheinlich saß er schon längst zu Hause. Emma machte kehrt, ging ein paar Schritte und blieb abrupt stehen. Durch den Einderweg kam jemand auf sie zu, aber wegen des dichten Schnees konnte sie nicht erkennen, wer es war.

Volkert? Nein, Volkert war kleiner und so aufrecht ging er nicht. Abwartend blieb sie stehen. Die Gestalt näherte sich, lachte sie an. Da erkannte sie Rudolf. Er trug einen dicken Wintermantel und hohe schwarze Stiefel. Mit großen Schritten und einem breiten Lachen trat er auf sie zu.

»Emma!«

Direkt vor ihr blieb er stehen und streckte zögernd die Hand aus. Aber irgendetwas hinderte ihn offensichtlich und so schaute er sie nur an. Unsicher erwiderte Emma den Blick. Was mochte er wollen? Was tat er hier außerhalb vom Dorf?

»Ich dachte, du wärst längst zu Hause«, sagte sie.

»Ja, aber ich bin umgekehrt. Ich wollte dich sehen.«

»Oh...« Vor Verlegenheit schob Emma den Schnee mit ihrem Holzschuh zu einem Häufchen zusammen.

»Wie geht es dir?«, fragte Rudolf.

»Ganz gut.«

»Hat es lange gedauert, bis du wieder gesund warst?«

»Mir fehlte doch nichts«, sagte Emma erstaunt.

»Nein... mir auch nicht ernstlich«, meinte er verwirrt. »Das heißt, ich hatte mir nichts gebrochen oder mich verletzt, aber dennoch...«

»Wenn man sich nichts gebrochen hat, kann man wieder zur Arbeit«, sagte Emma.

»Zur Arbeit? Du bist also wieder ins Bergwerk gegangen?«

»Schon nach zwei Tagen.«

Sie betrachtete seine warmen Stiefel.

»Ich hatte keine Ahnung, dass du so bald wieder zur Arbeit gehst«, sagte Rudolf.

»Mein Vater ist krank. Er hat sich das Bein gebrochen. Auf zwei Löhne können wir nicht verzichten.«

»Ach so.«

Dann trat Stille ein. Emma ließ den Blick über die verschneiten Felder schweifen.

Ein Stück entfernt sah sie die Bergwerksgebäude und daneben die Abraumhalde unter dem grauen Himmel. In diesem Augenblick zerriss ein Schuss die Stille. Der scharfe Knall hallte über den stillen Feldern wider.

»Was war das?«, fragte Emma erschrocken.

»Wahrscheinlich ein Jäger«, vermutete Rudolf.

Emma hastete durch den hohen Schnee auf das Bergwerk zu.

In diesem Augenblick sah sie Volkert. Er lief wie unter einer schweren Last gebückt, doch Emma konnte nicht erkennen, was es war. Hatte er einen Sack auf dem Rücken?

Als ihr Bruder näher kam, erschrak sie zu Tode. Die Last auf Volkerts Rücken war kein Sack. Es war Tom.

Mit einem Schreckensschrei rannte Emma auf ihre Brüder zu. Durch den tiefen Schnee kam sie nur mühsam voran, und weil ihr der Rock um die Beine flatterte, stolperte sie mehr, als dass sie lief.

»Emma!«, rief Rudolf hinter ihr. Am knirschenden Schnee hörte sie, dass er ihr folgte. In seinen festen Stiefeln kam er viel rascher voran als sie in ihren strohgefüllten Holzschuhen. Er hatte natürlich auch gesehen, was Volkert schleppte, und überholte sie mit großen Schritten.

Als Emma endlich bei ihren Brüdern anlangte, half Rudolf dem kleinen Tom gerade von Volkerts Rücken herunter. Tom ließ sich in den Schnee fallen. Außer Atem kauerte Emma neben ihrem Bruder nieder.

»Es ist nichts, Emma«, beruhigte Tom sie, »ich hab mir nur das Fußgelenk verstaucht.«

»Was habt ihr denn gemacht? Was ist passiert?«, fragte sie.

Mit einem scheuen Blick zu Rudolf versicherte Tom: »Nichts! Wir sind hier nur ein bisschen rumgelaufen.«

Ein Blick auf Volkerts verbissenes Gesicht belehrte Emma, dass die beiden keineswegs nur ein bisschen herumgelaufen waren. Sie erhob sich und zog Volkert am Arm mit sich. Als sie außer Hörweite waren, zischte sie: »Was habt ihr gemacht?«

»Sie haben auf uns geschossen!«, sagte Volkert heiser. »Sie haben wirklich geschossen, Em!«

»Warum hast du Tom mitgenommen?«

»Er wollte es selber.«

»Natürlich wollte er selber! Es ist ja so spannend, Kohlen zu stehlen! Du weißt doch, dass das Bergwerksgelände bewacht wird!«, schimpfte Emma wütend.

»Immer mit der Ruhe, es ist schließlich nichts passiert! Er hat sich nur das Fußgelenk verstaucht, als wir weggelaufen sind.«

»Natürlich ohne Kohlen, oder?«, fragte sie.

Volkert zuckte mit den Schultern. »Wir sind nicht mal in die Nähe gekommen.«

Auf dem Heimweg stützten sie Tom gemeinsam. Rudolf folgte ihnen und begleitete sie sogar bis ins Haus.

Henk saß immer noch mit ausdrucksloser Miene auf seinem Stuhl.

Er schaute Rudolf zwar kurz an, sagte aber nichts. Selbst

der hereinhumpelnde Tom konnte ihm keine Reaktion entlocken. Mayke saß am Tisch und hob erschrocken den Kopf, als alle so plötzlich im Haus standen. Mit großen Augen staunte sie Rudolf in seinen vornehmen Kleidern an.

Sie setzten Tom auf einen Stuhl. Emma verband ihm den Fuß mit einem in Schnee getauchten Lappen.

Rudolf verschränkte die Arme und ließ den Blick durch das karg möblierte Zimmer wandern. Aus den Augenwinkeln spähte er zu Henk hinüber, der durch ihn hindurchzublicken schien.

»Wir haben keine Kohlen mehr«, erklärte Emma mit einem scheuen Blick auf Rudolf.

»Und du wolltest Kohlen holen«, sagte Rudolf zu Volkert. Der gab keine Antwort. Die beiden musterten einander.

»Ich muss gehen«, sagte Rudolf schließlich.

Emma blickte ihm nach, als er durch die Straße davonging, aber er wandte sich nicht mehr um. Langsam schloss sie die Tür.

»Was wollte der denn hier?«, erkundigte sich Volkert. »Ich hab mich zu Tode erschrocken, als ich ihn sah. Stell dir vor, wir hätten tatsächlich Kohlen bei uns gehabt!«

»Dann wärst du erwischt worden«, sagte Emma. »Aber ich bin sicher, dass Rudolf dich nicht verraten hätte.«

»Ach ja? Und woher weißt du das so sicher?«

»Einfach so. Ich weiß es.«

»Wenn du mich fragst, geht er auf dem schnellsten Weg zum Feldhüter«, sagte Volkert besorgt. »Oder zu den Büttgenbachs. Mit denen sind sie doch befreundet, oder?«

»Das tut er bestimmt nicht«, versicherte Emma, aber es klang nicht überzeugt.

Offenbar hatten die Wächter einfach drauflosgeschossen, denn es gab keine Suche nach Verwundeten. Und dass Volkert und Tom nicht die Einzigen waren, die versucht hatten, Kohlen zu stehlen, war aus der Predigt zu schließen, die der Pastor bei der nächsten Sonntagsmesse auf die Gemeinde herabschleuderte.

»Leute, seid versichert: Der Lohn der Sünde ist die Hölle! Und mag eure Armut noch so groß sein, bedenkt, dass auch die Armut von Gott gesandt ist. Wir können Seinen Willen nicht ergründen. Nehmt nichts, was euch nicht gehört, lasst eure Seele diesen Schaden nicht erleiden! Tragt euer Kreuz erhobenen Hauptes und ihr werdet Gott nahe sein!«

So ging es noch eine ganze Weile weiter.

Emma beobachtete ihren Bruder auf der anderen Seite des Mittelganges. Volkert grinste ihr bedeutungsvoll zu und pulte ein wenig Schmutz unter seinen Nägeln hervor.

Nach der Messe eilte Emma mit Mayke nach Hause, um für die Kranken zu sorgen. Volkert verschwand mit ein paar Freunden im Dorfkrug. Da war es warm und er konnte den ganzen Nachmittag bei einem einzigen Glas Genever verbringen, das ihm meistens Keube spendierte.

Als Emma ins Haus trat, blieb sie verblüfft stehen. Mitten im Zimmer stand ein großer Sack voller Kohlen. Tom kniete vor dem Ofen und legte nach seines Vaters Anleitung sorgfältig die Kohlen ein.

»Papa! Woher kommen die Kohlen?«, rief Emma überrascht.

»Die sind hier gerade abgeliefert worden«, gab Henk zufrieden Auskunft. »Ich weiß auch nicht, von wem.«

8

Nun hatten sie genug Kohlen, um das Haus richtig zu heizen, und doch wagte Emma nicht, den Schornstein zu oft rauchen zu lassen. Wer weiß, wie lange der Winter noch dauern würde. Aber man gewöhnte sich so schnell an die Wärme! Vor allem in der Frühe, wenn die eisige Kälte durch die vielen Ritzen eindrang, war es so wunderbar, den Ofen anzünden zu können.

Es war, als taue in der Wärme auch Henks Düsterkeit ein wenig auf. Er interessierte sich wieder für seine Umgebung und begann auch wieder zu schimpfen.

»Dieses verdammte Bein ist immer noch nicht besser. Emma, geh doch mal zu Doktor Ackens und bitte ihn vorbeizukommen.«

»Später, Papa. Erst muss ich Elmer wickeln. Und dann muss ich die Suppe kochen. Mama hat auch wieder Appetit, ist das nicht ein gutes Zeichen?«

Emma hatte keineswegs die Absicht, nach Bleijerheide zu gehen. Sie hatten ohnehin kein Geld, um einen Arztbesuch zu bezahlen. Ihr Vater würde einfach Geduld haben müssen. Während sie eine Windel für Elmer faltete, horchte sie lächelnd auf Henks Geschimpfe. Mürrisch und aufbrausend war ihr der Vater tausendmal lieber als so merkwürdig still.

»Suppe!«, brummte er. »Ich hätte gern ein bisschen mehr als nur Suppe.«

Emma schwieg.

»Der junge Brandenburg hat uns Kohlen bringen lassen, nicht?«, sagte Henk. »Kann er nicht auch für Essen sorgen? Geh und bitte ihn darum, Emma.«

Erschrocken schaute sie ihren Vater an.

»Was guckst du so? Ich verstehe nicht, dass du das nicht schon längst getan hast. Der Junge ist reich und er mag dich. Dann zieh gefälligst deinen Vorteil daraus! Dass ich dir das erklären muss!«, brummte er missgelaunt.

»Aber dann muss ich zu seinem Haus«, wandte Emma vorsichtig ein.

»Du sagst es«, antwortete ihr Vater schroff.

Emma wechselte einen Blick mit Volkert, der sie ermunterte: »Mach's doch. Er gibt dir bestimmt was.«

»Darum geht es nicht«, sagte Emma kurz.

Aber ihr Vater schaute sie so streng an, dass sie den Mantel anzog. Äußerst unwillig machte sie sich auf den Weg. Sie durchquerte das Dorf und erreichte die sanft gewellten Felder, die sich in langen, schmalen Streifen bis zum Waldrand erstreckten.

Sie hatte noch einen weiten Weg vor sich. Zunächst folgte sie dem Pfad zum Tal hinab, durch das sich die Worm schlängelte, ein schwarzes Flüsschen, in dem durch das Sickerwasser der Bergwerke alles Leben abgestorben war. Sie musste es auf einer kleinen Holzbrücke überqueren, um zum *Land van Rode* zu gelangen, dem Gut der Familie Brandenburg. Hinter einem hohen Gittertor sah sie das

Haus in seiner ganzen Länge: ein Gebäude aus braunem Backstein, hier und da mit einem Türmchen geschmückt. Es wirkte wie eine Burg. Emma zögerte. Noch konnte sie zurück, dann allerdings mit leeren Händen. Und damit würde sich ihr Vater sicher nicht zufrieden geben. Sie würde einfach nach Rudolf fragen; dann müsste sie seinen Eltern gar nicht begegnen. Vielleicht ließe es sich sogar einrichten, dass sie Rudolf gar nicht bitten müsste. Wenn sie sich einfach für die Kohlen bedankte, würde er vielleicht von sich aus fragen, ob sie noch etwas bräuchten, und das könnte sie dann natürlich bejahen.

Mit neuem Mut folgte sie dem verschneiten Weg durch den parkähnlichen Garten. Sie fühlte sich wie ein Eindringling, auf den jeden Augenblick die Hunde gehetzt werden konnten. Nervös stieg sie die Freitreppe empor und ließ den Türklopfer an die große hölzerne Tür fallen. Geräuschlos schwang sie auf und ein Diener in Livree blickte auf sie herab.

»Ja bitte?«

Emma nahm all ihren Mut zusammen. Sie richtete sich auf, um größer zu erscheinen, und sagte: »Ich bin Emma Mullenders. Ich möchte gern Rudolf Brandenburg sprechen.«

»Den jungen Herrn?« Der Diener musterte ihre ärmliche Erscheinung.

»Wir waren gemeinsam in der Zeche eingeschlossen.«

Der Diener betrachtete sie lange, als frage er sich, woher sie die Frechheit nahm zu glauben, dieses Erlebnis verschaffe ihr Zugang zum Haus der Brandenburgs.

Emma wusste nicht, was sie weiter sagen sollte.

»Könnten Sie ihn wohl für mich herausbitten?«, fragte sie schließlich schüchtern.

»Bleib hier stehen!«

Damit schloss er die Tür vor ihrer Nase. Emma stampfte mit den Holzschuhen auf dem Treppenpodest herum, um sich die Füße zu wärmen. Sie musste lange warten. Er würde sie doch nicht einfach hier stehen lassen, in der Hoffnung, sie würde schon verschwinden? Nein, dann hätte er sie gleich davongejagt.

Schritte in der Halle.

Emmas Herz machte einen Satz. Hoffnungsvoll schaute sie zur Tür. Aber nicht Rudolf stand kurz darauf vor ihr, sondern wieder der Diener. Er trug einen großen Sack, den er Emma in die Arme drückte.

»Mehr kann ich wirklich nicht für dich tun«, sagte er, nicht einmal unfreundlich. Dann fiel die Tür wieder ins Schloss.

Verdutzt öffnete Emma den Sack: alte Kleidung. Natürlich konnten sie die bestens gebrauchen, aber ihr Vater würde sie trotzdem ausschelten, wenn sie damit nach Hause käme.

Ob sie noch einmal klopfen sollte? Sagen, dass sie tatsächlich Rudolf sprechen wollte? Dann würde der Diener ihr womöglich die Kleidung wieder wegnehmen und sie fortjagen. Sie war aber auch wirklich ein Dummkopf, dass sie hatte denken können, man würde sie ohne weiteres zu Rudolf lassen…

Langsam ging sie durch den Gutspark. Ihr Magen schmerzte, vor Hunger… und aus Angst vor der Reaktion ihres Vaters.

Sie hatte den Garten noch nicht verlassen, als Rudolf sie einholte.

»Emma! Warte!«

Sie blieb stehen, den Kleidersack fest im Arm.

»Ich hab dich weggehen sehen, als ich aus dem Fenster schaute«, sagte er. »Was hast du denn da bei dir?«

»Alte Kleider«, antwortete sie mit hochrotem Kopf. »Die hat mir euer Diener gegeben. Aber eigentlich… eigentlich hatte ich auf etwas Essen gehofft.« Ihr Blick war starr auf den Boden gerichtet.

»Warte einen Augenblick«, sagte Rudolf. »Bleib hier stehen, hier hinter den Bäumen, dann hole ich dir etwas aus der Küche. Das merkt keiner.«

Emma zögerte, ließ sich aber doch hinter eine Baumgruppe drängen.

»Ich bin gleich wieder da!«, versprach er und eilte zum Haus zurück.

Halb erstarrt vor Kälte wartete Emma, aber ihre Wangen brannten noch immer beim Gedanken an Rudolfs Blick auf den Kleidersack. Er hatte natürlich gedacht, sie habe betteln wollen. Und so war es ja auch. Es war ihr schrecklich. Am liebsten wäre sie sofort weggegangen. Was Rudolf wohl aus der Küche holen würde? Vielleicht ein Brot oder ein Stück Fleisch? So lange hatte sie kein Fleisch gegessen!

Bei dem Gedanken an ein Stück zartes Huhn krampfte sich ihr der Magen zusammen. Der Hunger ließ sie hinter den Bäumen ausharren, versteckt wie ein Einbrecher.

Es dauerte lange, aber der Lohn war groß. Von dem, was Rudolf mitbrachte, würden sie sich am Abend alle miteinander richtig satt essen können.

»Das legen wir zu den Kleidern.« Rudolf stopfte ein rundes Brot in den Sack. Das Fleisch hatte er in Papier gewickelt. Eier, eine Pastete und ein paar Kartoffeln kamen noch hinzu.

Mit Mühe kämpfte Emma gegen ihre Tränen an. Sie hüstelte, wischte sich mit dem Ärmel die Nase ab und sagte, um ihre Fassung wieder zu gewinnen: »Ich hab mich noch nicht mal für den Sack Kohlen bedankt.«

»Kohlen? Was für Kohlen?«

»Du weißt genau, was ich meine. Die Kohlen, die plötzlich bei uns abgeliefert wurden.«

»Ach, bei euch sind sie abgeliefert worden? Darum bekamen wir weniger als sonst!«

Erstaunt schaute Emma auf und sah gerade noch sein Augenzwinkern. Sie lächelte und entspannte sich.

»Gib den Sack nur her, ich trage ihn dir«, bot Rudolf an.

»Nein, das ist nicht nötig.«

»Nun gib schon!«

Schließlich gab sie nach.

»Nun gut, aber nur bis zum Dorfrand. Sonst sieht uns ja jeder«, sagte sie.

»Na und?«

»Na und? Dann haben wir heute Abend das halbe Dorf zu Besuch.«

»Ach ja, natürlich.«

Als sie sich den ersten Höfen vor Kerkrade näherten, übernahm Emma den Sack wieder.

»Danke«, sagte sie ernst.

Rudolf nickte nur. Dann lächelte er ihr kurz zu und kehrte nach Hause zurück.

Seit jenem Tag wurde Emma regelmäßig etwas ins Haus geschickt. Einmal waren es Kohlen, ein andermal Bohnen, und dann, an einem kalten Sonntagmorgen, sogar Schuhe. Sofie und Mayke zogen sie unter aufgeregtem Rufen an. Sie waren viel zu groß, aber die Mädchen waren nicht mehr dazu zu bewegen, wieder in ihre Holzschuhe zu schlüpfen. Auch für Tom war ein Paar Schuhe dabei, die er sich an den Schnürbändern um den Hals hängte.

»Du kannst sie auch an den Füßen tragen«, schlug Volkert vor.

»Wär doch jammerschade«, meinte Tom.

Annekatrien kam die Treppe herunter und schaute kopfschüttelnd zu. Sie hatte sich nicht so schnell von dem Fieber erholt wie Sofie, die schon seit ein paar Tagen wieder
hergestellt war. Annekatrien sah bleich und müde aus, aber
zumindest war sie wieder auf den Beinen.

»Was sollen wir einfachen Leute mit Schuhen?«, sagte sie
heiser. »Die werden im Schnee ja doch nur nass. Tragt lieber eure Klompen.«

»Darin gehen meine Füße kaputt!«, rief Sofie. »Darf ich
meine Schuhe zur Kirche anziehen, Mama? Ach bitte!«

»Nein.«

»Aber warum denn nicht! Sie sind so schön warm!«

»Nein.« Annekatrien hustete. »Im Haus darfst du sie tragen, aber im Dorf ziehst du deine Klompen an.«

Sofie brach in Tränen aus.

»Jetzt hab ich endlich so schöne Schuhe und nun darf ich
sie nicht anziehen! Und es ist so kalt jetzt! Meine Zehen tun
weh!«

Sie zog einen Schuh aus und streckte ihre roten, ge-
schwollenen Zehen in die Luft. Der Spann ihres Fußes war
voller blutiger, zum Teil verschorfter Wunden.

»Ihre Klompen sind zu klein, Mama«, wandte Volker vorsichtig ein.

Annekatrien putzte sich die Nase und seufzte.

»Dann zieh eben die Schuhe an«, gab sie erschöpft nach.

In der Kirche war Annekatriens Blick während der ganzen Messe starr geradeaus gerichtet, während Sofie neben
ihr fortwährend zufrieden ihre Schuhe betrachtete. Emma
bemerkte die Blicke der Leute um sie herum; sie sah, wie sie
einander anstießen. So weit wie möglich schob sie ihre Füße
unter die Kniebank.

Einige Tage später, als Emma vom Bergwerk nach Hause
ging, kam ihr ein Mädchen entgegen. Ihre Dienstmädchen-

kleidung schaute unter dem Mantel hervor. Sie näherte sich Emma.

»Der junge Herr hat gesagt, ich soll dir das geben«, sagte sie und drückte Emma einen Sack in die Arme.

»Dankeschön«, konnte Emma nur noch sagen.

»Was hast du denn da?« Keet, die mit ihrer Tochter Floor in einiger Entfernung gefolgt war, beschleunigte den Schritt und holte Emma ein. Sie kniff in den Sack und stellte sofort fest: »Das ist Mehl. Warum hat dir das Mädchen so viel Mehl gegeben?«

»Das wird meine Mutter bestellt haben.« Emma hörte selbst, wie unglaubwürdig das klang.

»Und dann bringt es ein Dienstmädchen vom Gut?« Keet lachte schallend. »Das glaubst du doch selber nicht! Weißt du, was *ich* denke? Dass dieser junge Herr vom Gut euch das alles zusteckt! Da wirst du also gleich feines Brot backen, was? Damit der ganzen Straße das Wasser im Mund zusammenläuft! Du hast es dem jungen Herrn wohl besser zu Gefallen gemacht, als ich dachte!«

Emma stieg vor Wut das Blut in den Kopf. Am liebsten hätte sie Keet ins Gesicht geschlagen, doch dann sah sie deren scharfe Falten um die Mundwinkel, die Ringe unter den Augen und die Narben im Gesicht. Keets Mann war jung gestorben und seitdem musste sie allein für ihre Kinder sorgen. Sie arbeiteten alle im Bergwerk. Floor war acht und kränklich. Sie musste, um in der Zeche arbeiten zu dürfen, als Zehnjährige durchgehen und zerrte fünfzehn Stunden am Tag die Förderwagen durch die Stollen. Emma erwartete täglich, sie zusammenbrechen zu sehen. Schroff, weil sie fürchtete, sie könnte die spontane Entscheidung später bereuen, forderte sie Floor auf, ihre Schürze auszubreiten. Die gehorchte verwundert und machte große Augen, als Emma ihr einen Teil des Mehls in die Schürze schüttete.

»Für dich«, sagte Emma kurz. Sie würdigte Keet keines weiteren Blickes und lief nach Hause, so rasch sie konnte.

Sie mussten sparsam sein mit dem Brot, das Emma von dem Mehl gebacken hatte. Es schien so viel, doch bei einer ganzen Familie war es bald verzehrt. Schon wenige Tage später strich Emma die letzten Butterbrote. Tags zuvor hatte sie nur wenig gegessen und so überkam sie ein Schwächeanfall. Sie hielt sich an der Tischkante fest und atmete tief durch. Es war wohl besser, wenn sie noch ein Stück Brot aß, sonst würde sie nachher womöglich von der Leiter stürzen.

»Nimm lieber nicht so große Bissen«, riet Volkert, während er die Treppe herunterpolterte. »Kleine Bissen, und die so lange wie möglich im Mund behalten! Dann hast du länger was davon.«

»Das weiß ich auch.«

»Und überhaupt, was machst du denn da? Das ist doch dein Brot für heute Mittag! Das wirst du doch nicht schon jetzt essen?«

»Nur einen Bissen«, sagte Emma.

Sie spürte Volkerts prüfenden Blick.

»Ist alles in Ordnung, Emma?«

»Ja, sicher. Lass uns gehen, sonst werden wir noch verwarnt.«

Unterwegs dachte Emma an Rudolf. Seit ihrem Besuch in seinem Elternhaus hatte sie ihn nur noch aus der Ferne gesehen. Doch während sie in den Schacht hinabstieg und unten auf den Boden sprang, verdrängte sie ihn aus ihren Gedanken.

Sie suchte ihren Weg durch die dunklen Stollen, zog ihre Förderwagen und schleppte die Tragekörbe hinauf. Gegen zehn Uhr, bei der ersten Pause, stolperte sie in den nächstbesten Stollen und sank zu Boden. Sie hatte nicht mehr die

Kraft, bis zur Abbaukammer zu gehen, wo ihr Püngel lag. Keet, die denselben Weg hatte, blieb bei ihr stehen.

»Emma… ich wollte noch sagen… wegen neulich. Ich hab das nicht so gemeint. Es tut mir Leid. Und vielen Dank für das Mehl!«

Noch nie hatte Emma erlebt, dass sich Keet bei jemandem entschuldigte. »Es ist ja nur recht«, fuhr Keet fort. »Warum solltest du nicht deinen Vorteil daraus ziehen?«

Emma reagierte nicht.

Keet schien noch etwas sagen zu wollen, überlegte es sich dann aber und ging weiter.

Viel zu schnell mussten sie wieder an die Arbeit. Emma schnallte sich den Gurt um und legte das letzte Stück zum Schacht zurück. Und stieg wieder hoch. Krampfhaft klammerte sie sich an die Leiterholme und quälte sich keuchend in die Höhe, mit steifen, schmerzenden Fingern, Krämpfen in den Beinen und unerträglichen Schmerzen im Rücken. Unter und über ihr wurde geflucht, geschnauft, geschwitzt und gestöhnt. Hin und wieder fiel ein Stück Steinkohle aus einem Korb und sauste haarscharf an ihrem Kopf vorbei in die Tiefe. Irgendwo ertönte der Schrei des Getroffenen. Am Abend ging Emma krumm vor Rückenschmerzen nach Hause. Sie war so erschöpft, dass sie es nicht einmal mehr schaffte, etwas zu essen oder in den Zuber zu steigen. Annekatrien kleidete sie aus, badete sie wie ein kleines Kind und fütterte sie mit ein paar zerdrückten Kartoffeln.

»Ach, Kind!«, seufzte sie.

Am nächsten Morgen holte Annekatrien ihre Kinder eine halbe Stunde früher aus dem Bett und kleidete die schlaftrunkene Mayke an. Zum Erstaunen ihrer Kinder zog sie sich die Arbeitskleidung ihres Mannes an, schob das Haar unter die lederne Schutzkappe, mummelte den kleinen Elmer fest ein und ging mit ihnen gemeinsam zur Tür hinaus.

»Mama, du kannst doch Elmer nicht mitnehmen! Wo willst du ihn denn lassen?«, fragte Emma erschrocken.

»Ich sehe ja auch andere Frauen mit Säuglingen ins Bergwerk gehen«, antwortete ihre Mutter. »Sie schaffen es, also werde ich es auch schaffen.«

Bei der Kohlenhalde ließen sie Sofie und Mayke zurück. Alte, rheumakranke Frauen und kleine Kinder standen vornübergebeugt und scharrten mit Harken in den Kohlen herum. Annekatrien kauerte sich zu Sofie nieder.

»Sofie, du passt auf Mayke auf«, sagte sie. »Sie ist jetzt vier, also kann sie dir gut helfen. Sorge dafür, dass die anderen dir keine Kohlen aus dem Korb stehlen, und behalte Mayke bei dir. Hörst du?«

Sie rüttelte ihre Tochter am Arm. Sofie nickte lustlos. Sie war bleich und hatte wieder erhöhte Temperatur. Es war noch stockdunkel und das Kind kroch in sich zusammen im scharfen Wind, der den Kohlenstaub der Abraumhalde aufwirbelte.

Annekatrien strich ihr übers Haar, erhob sich und schaute sich nicht mehr um, als sie fortging. Sie holte sich an der Ausgabestelle Henks Lampe und folgte ihrer Tochter und den beiden Söhnen zum Schacht.

9

»Wie geht es deinem Vater?«, fragte Keube.

Emma saß neben ihm auf der Bank vor seinem Haus und lauschte dem Gezwitscher der Vögel.

»Besser«, sagte sie. »Er arbeitet wieder. Aber ich glaube, er hat noch starke Schmerzen.«

»Tja«, meinte Kerbe. »Und deine Mutter?«

»Mama ist mit Elmer wieder zu Hause. Zum Glück«, sagte Emma. »Elmer hat in der Dunkelheit nur geweint und niemand hatte Zeit, ihn zu trösten. Ich hatte ständig Angst, dass Steinbrocken auf ihn fallen könnten, wenn wir nicht bei ihm sind. Sein Körbchen war jedes Mal voller Kohlenstaub, wenn ich nach ihm sah.«

Keube beobachtete ein paar Kinder, die mit Reifen vorbeigelaufen kamen. »Ich bin auch ganz unten im Bergwerk groß geworden«, erzählte er. Emma musste sich abwenden. Vielleicht fanden sie das hier normal, aber sie war auf einem Bauernhof im Hügelland aufgewachsen, in der Natur mit frischer Luft.

Sie schaute zu den schmutzigen Schneebergen in den schattigen Winkeln hinüber, die die Frühlingssonne nicht erreicht hatte.

»Schönes Wetter, was, Emma?«, rief ihr Fieneke, Jefs Mutter, von gegenüber freundlich zu. Genau wie in den anderen Häusern im Dorf standen auch bei ihr die Fenster und die Tür weit offen, damit der Wind den säuerlichen Geruch von Schweiß und Kohlenstaub forttragen konnte.

Emma winkte Fieneke zu und hielt das Gesicht in die Sonne. Sie genoss die wohltuende Wärme.

»Merkwürdig: Dinge, die ich früher als normal empfunden habe, sind jetzt außergewöhnlich«, sagte sie träumerisch. »Fandest du die Welt auch immer so wunderbar, wenn du gerade aus dem Schacht kamst?«

Keube hustete und stopfte sich die Pfeife.

»Ich hab unten immer versucht, das Wetter vorherzusagen«, erzählte er. »Manchmal bin ich bei regnerischem Wetter in den Schacht runter. Dann dachte ich, das Wetter wäre den ganzen Tag so. Ich war dann immer völlig verblüfft, wenn ich abends feststellte, dass es aufgeklart hatte und den ganzen Tag sonnig gewesen war. Und umgekehrt natürlich genauso. Dann war es unten erstickend heiß, und wenn man rauskam, froren einem die Ohren ab. Nun ja, das kennst du ja alles selber gut genug. Nichts ist schlimmer für einen Kumpel als der Winter. Aus der Hitze geht man mit schweißnasser Kleidung ohne Übergang in den Frost. Man kann sich schon von weniger eine Lungenentzündung holen.«

Emma betrachtete Keubes zerfurchtes Gesicht. Die vielen blauen Narben rührten von Wunden her, in die Kohlenstaub gedrungen war. Wie alt mochte er sein? Sechzig? Vielleicht sogar siebzig. Vom Äußeren her konnte er gut siebzig sein, aber sie wusste, dass das Aussehen täuschen konnte.

Die meisten Kumpel, die sich ihr Leben lang in der Zeche abgerackert hatten, waren klein, hatten Rückenleiden und waren vor der Zeit alt und verbraucht. Sie traute sich nicht, Keube nach seinem Alter zu fragen, und eigentlich spielte es auch keine Rolle.

»Hast du immer hier gewohnt?«, fragt sie stattdessen.

»In Kerkrade? Ja. Schon mein Vater und mein Großvater haben im Bergwerk gearbeitet, genauso wie meine Mutter und meine Großmutter bis zu ihrer Heirat. Dann bekamen sie so viele Kinder, dass sie im Haus bleiben mussten.«

Im Bruchteil einer Sekunde sah Emma ihr eigenes Schicksal vor sich: Eines Tages würde auch sie eine ganze Reihe Kinder haben, die sie vollauf beschäftigen würden und die sie dann ebenfalls viel zu früh ins Bergwerk würde schicken müssen. Auch sie würde dann Tag für Tag bangen, ob sie die Kinder wieder sehen würde. Sie würden sich schinden müssen und nicht einmal jeden Tag Brot haben. Bei diesem Gedanken brach ihr der Schweiß aus.

»Keube«, begann sie. »Hast du dich schon mal gefragt, was für einen Sinn das alles hat?«

»Was *was* für einen Sinn hat?«

»Alles. Das Leben.«

»Das Leben ... tja ... dass es schöne Tage gibt wie heute, an denen man ein bisschen draußen in der Sonne sitzen kann. Und dass es Gott sei Dank den Sonntag gibt. Dass auf den Winter wieder Frühjahr und Sommer folgen und man Blumen und frisches Heu riecht, wenn man aus dem Schacht steigt. Und dass man dann die langen, warmen Abende noch für sich hat. Und wenn das Wetter schlecht ist, gibt es immer noch das Wirtshaus. Ein Gläschen Genever macht manches wieder gut. Ach Emma, Kind, es sind alles nur kleine Dinge, aber es sind die Dinge, deretwegen du wieder rauf wolltest, als du da unten festgesessen hast.«

Das stimmte. Sie erinnerte sich genau an den Augenblick, in dem sie zu sich gekommen war, an die Freude darüber, dass sie lebte, und an die Intensität, mit der sie danach die Welt oben erlebt hatte.

»Zum Glück war ich nicht allein da unten«, sagte sie, mehr zu sich selbst. Der alte Mann röchelte und spie schwarzen Schleim auf den Boden.

»Ja, Gottlob. In so einer Lage, darf man nicht allein sein, sonst verliert man den Verstand.«

»Hast du schon mal was von Fotografie gehört, Keube?«

»Ja, natürlich«, brummte er.

Emma hatte starke Zweifel daran, aber sie wollte Keube nicht beleidigen, indem sie es ihm trotzdem erklärte.

»Rudolf weiß, wie Fotografie funktioniert. Er will Fotograf werden. Er weiß überhaupt sehr viel. Hast du gewusst, dass Steinkohle eigentlich aus Pflanzenresten besteht?«

Keube nickte.

»Ich hab mal ein Fossil gefunden. Darauf konnte man die Adern des Blattes deutlich erkennen.«

»Eigentlich merkwürdig«, meinte Emma träumerisch, »es gibt so viel, was ich noch nicht weiß ... Kannst du eigentlich schreiben, Keube?«

»Schreiben? Nein. Ich hatte nie Zeit, zur Schule zu gehen. Keine Zeit und kein Geld. Das war schon bei meinen Eltern so, bei deren Eltern ebenfalls und heute ist es nicht anders. Eltern brauchen ihre Kinder viel zu sehr.«

»Ich wünschte, ich könnte zur Schule gehen. Vielleicht hätte ich dann die Chance, hier wegzukommen«, sagte Emma bedrückt.

Keube setzte eine skeptische Miene auf. »Tja, Kind, man kann zwar lesen lernen, aber man muss dann auch die Möglichkeit bekommen, was damit anzufangen. Und das haben die hohen Herren nicht so gern.«

Emma sah ihn erstaunt an.

»Stell dir vor, wir könnten alle lesen und schreiben und würden anfangen, nachzudenken oder uns zusammenzuschließen... Nein, die hohen Herren halten uns lieber arm und dumm, dann sind wir nicht gefährlich. Und die paar Arbeiter, die es schaffen, eine Ausbildung zu machen... ach, die bedeuten nichts, gar nichts, solange die große Masse nur schuftet und sich schindet und zu müde ist, den Verstand zu benutzen.«

Emma ließ Keubes bittere Worte eine Weile auf sich wirken.

»Ich werde schreiben lernen«, sagte sie dann, langsam und fest entschlossen. »Und ich werde von hier fortgehen.«

Keube atmete schwer und mühevoll. Das Gespräch hatte ihn erschöpft, er hatte sichtlich Atemnot. Sie quälte ihn so lange, dass Emma auf der Bank besorgt ganz nach vorn rückte und ihn beobachtete.

»Du musst unten immer was... vor den Mund nehmen«, presste Keube erstickt hervor. »Ich krieg... jeden Tag weniger Luft. Ich dachte... es wird besser, wenn ich... nicht mehr unten arbeite. Aber... ich kann immer weniger. Nicht mal mehr zum Bäcker gehen... Der Weg steigt zu sehr an. Ich komm da nicht hoch. Und Emma...« Keube brach ab und holte pfeifend Luft.

»Sprich lieber nicht so viel«, mahnte Emma, aber er winkte ungeduldig ab.

»Das ist... wichtig. Niemand weiß... was dieser Staub bewirkt. Aber arbeite mal einen Tag... mit einem Tuch vor dem Mund.«

»Das werde ich tun«, versprach Emma. »Aber jetzt sprich lieber nicht mehr weiter. Du bekommst ja kaum noch Luft! Soll ich dir ins Haus helfen?«

Keube schüttelte den Kopf. Er machte ihr ein Zeichen, dass sie lieber gehen sollte.

Sie erhob sich und ging an den schwarzen schmelzenden Schneehaufen vorüber. Einige Male sah sie sich noch nach dem alten Mann um, der zusammengesunken auf seiner Bank saß. Ab und zu röchelte er und spie den Kohlenstaub, den er ein Leben lang eingeatmet hatte, auf das Pflaster.

Zwei Wochen später sah sie auf dem Weg zum Bergwerk, wie Jan Joseph Ackens, der Armendoktor, Keubes Häuschen betrat. Spontan ging Emma ihm nach. Keubes Bett stand unten, denn das Treppensteigen war ihm längst zu beschwerlich geworden. Das kleine Häuschen war von seinem rasselnden Atem erfüllt. Einige Nachbarinnen waren bei ihm, doch die konnten nichts für ihn tun.

Der Doktor ebenso wenig.

Keube lag auf dem Rücken, das Kinn in die Luft gereckt und den Mund weit geöffnet. Der Arzt beugte sich über den alten Mann, horchte ihm die Brust ab und richtete sich auf.

»Es geht zu Ende«, sagte er.

Zögernd trat Emma an Keubes Bett. Sie setzte sich auf die Bettkante und sah den alten Mann besorgt an. Keube konnte kein Wort mehr hervorbringen, aber er erwiderte ihren Blick. Seine Augen waren tiefblau und schienen ihr etwas sagen zu wollen. Er umfasste Emmas Hände so fest, dass es schmerzte.

»Keube…«, sagte Emma und fühlte die Tränen aufsteigen.

Er vermochte ihr noch beruhigend zuzulächeln.

Sie hörte seinen Atem stocken und hielt selbst angespannt die Luft an. Ganz kurz nur lastete die Stille im Raum, dann kam ein lang anhaltendes Röcheln, als drücke jemand Keube die Kehle zu. Mit letzter Kraft sog er pfeifend noch ein wenig Luft ein. Mit der einen Hand hielt er Emmas Linke umklammert, die andere krallte sich in die Bettdecke. Sein Gesicht verfärbte sich, die Brust hob sich, ein Zittern durchlief seinen Körper. Dann lockerte sich sein Griff um Emmas Hand. Mit einem letzten Röcheln erschlaffte sein Körper. Wie versteinert saß Emma auf der Bettkante.

Wie lange sie so saß, wusste sie nicht. Irgendwann merkte sie, dass ihr Vater, die Jungen und Sofie hinter ihr standen. Doktor Ackens schob sie sachte beiseite und schloss Keube die Augen.

»Komm, Emma«, sagte Henk leise.

Sanft half er seiner Tochter auf und legte den Arm um sie. Sein Gesicht wirkte verzerrt. Nach einem letzten Blick auf den Toten sagte er: »Kommt, Kinder, wir müssen zum Bergwerk. Sonst kommen wir zu spät.«

Keube wurde auf dem Friedhof hinter der Sankt-Lambertus-Kirche begraben. Das ganze Dorf nahm an der Beerdigung teil. Viele Leute weinten, doch Emma hatte keine Tränen. Sie schaute auf die Gräber von Keubes Sohn und Enkelkindern, neben denen er nun lag. Plötzlich überkam sie die Gewissheit, dass es gut so war. Keube war da, wohin er gehörte: bei seinem Sohn und den Enkeln.

Am nächsten Morgen fiel Emma ein, wie dringlich Keube sie gebeten hatte, sich ein Tuch vor den Mund zu binden. So nahm sie, bevor sie das Haus verließ, ein altes Umschlagtuch, tauchte es in den Wassereimer in der Ecke, wrang es aus und verstaute es in ihrem Püngel. Im Bergwerk band sie es sich vor den Mund. Es war lästig, so zu arbeiten. Sie keuchte ohnehin schon von der schweren Arbeit, doch mit dem Tuch bekam sie kaum noch Luft. Nach einer Stunde riss sie es gereizt ab. So ging es nicht. Das würde sie nie den ganzen Tag durchhalten. Doch dann dachte sie an Keube und daran, wie er gestorben war. Seufzend band sie sich das Tuch wieder um.

Als sie nach der Schicht wieder oben war, sah sie erstaunt die dicke Lage Kohlenstaub, die sich auf dem Tuch abgesetzt hatte – eine schwarze, schmierige Masse, die sie sonst eingeatmet hätte.

Eines Tages im März kündigte Volkert an, er werde weggehen. Er schleuderte die Mitteilung zwischen zwei Bissen beim Abendbrot auf den Tisch. Einen Augenblick herrschte Schweigen. Henk ließ den Löffel sinken und Annekatrien sah ihren Sohn verblüfft an.

»Weg? Wohin gehst du?«, fragte sie.

Es klang, als denke sie, er wolle nach dem Essen noch eine Runde durch den Ort machen oder kurz in den Dorfkrug gehen. Aber an Volkerts Gesicht war deutlich abzulesen, dass es um mehr ging.

»Ich gehe von hier weg, ich habe vorhin gekündigt«, teilte er schlicht mit.

»*Was* hast du?« Drohend stand Henk auf und hob die Hand. Volkert rührte sich nicht. Er blickte auf. Um den Schlag hinzunehmen, nicht, um ihm auszuweichen.

»Henk!«, warnte Annekatrien.

»Von wegen, Henk! Hörst du nicht, was der Rotzbengel sagt? Mein Gott, sein Leben lang arbeitet man sich krumm für die Kinder, und wenn sie einem endlich auch was geben können, hauen sie ab! Aber nur über meine Leiche!«

»Ich hab schon gekündigt«, erinnerte Volkert.

»Dann wirst du das eben rückgängig machen, sonst breche ich dir die Knochen! Teufel noch mal!«

»Der Steiger nimmt mich nicht mehr. Das hat er mir gleich mitgeteilt, als ich sagte, dass ich nicht mehr komme«, erklärte Volkert.

Henks Augen verengten sich zu Schlitzen und er musterte seinen Sohn. Volkert hielt seinem Blick stand und wirkte kampfbereit.

»Ich fasse es nicht«, stieß Henk zwischen den Zähnen hervor. »Ich muss sofort weg hier, sonst schlag ich ihn tot!«

Mit zwei Schritten war er draußen und warf die Tür mit voller Wucht hinter sich zu. Annekatrien lehnte sich fassungslos zurück und gab Tom, der eine Kartoffel vom Teller seines Vaters stibitzen wollte, einen Klaps auf die Hand.

»Ich will euch wirklich nicht im Stich lassen«, sagte Volkert vorsichtig. »Ich will nur nicht mehr im Bergwerk arbeiten. Wenn ich hier bleibe, werde ich eines Tages genauso enden wie Keube. Verstehst du das, Mama? Jetzt kann ich noch weg, also gehe ich.«

»Und wir? Denkst du, es macht uns nichts aus, wenn wir auf deinen Lohn verzichten müssen?«, fragte sie heftig.

»Ich schicke alles, was ich verdiene, nach Hause, Mama.«

»Da bin ich gespannt«, sagte Annekatrien bitter. »Und womit gedenkst du Geld zu verdienen?«

»Ich gehe nach Deutschland und versuche, in einer Ziegelei Arbeit zu bekommen. Wenn nicht, probiere ich es als Saisonarbeiter auf dem Land. Bald gibt es auf den Bauernhöfen wieder Arbeit in Hülle und Fülle.«

Resigniert ließ Annekatrien die Hände in den Schoß fallen. »Nun ja, dann geh«, sagte sie. »Ich kann dich nicht aufhalten. Geh fort von hier, such dir was anderes.«

»Darf ich mit Volkert gehen?«, bat Tom.

»Nein, das geht nicht«, wehrte Volkert sofort ab. »Du bist zu jung. Außerdem können wir nicht alle gleichzeitig weglaufen.«

»Und warum nicht? Ich will auch nicht mehr in dieses verdammte Bergwerk!«, schrie Tom.

»Ruhig, Tom«, besänftigte Volkert den Bruder. »Ich verspreche dir, dass ich dich holen komme, wenn ich irgendwo Arbeit für dich gefunden hab. In Ordnung?«

Tom stieß seinen Stuhl zurück und lief trotzig hinaus.

»Lass ihn«, sagte Emma. »Er wird dich sehr vermissen. Und nicht nur er.«

Lauter als sonst räumte sie den Tisch ab. Dann nahm sie einen Holzeimer und ging hinaus zur Pumpe, um Wasser zu holen. Der frische Wind trocknete ihr die Tränen. Tränen, weil sie ihren Bruder vermissen würde, aber auch, weil zunehmend Neid in ihr aufkeimte. Henk ließ sich den ganzen Abend nicht mehr blicken und ging am nächsten Morgen früher als sonst zum Bergwerk. Es war noch völlig dunkel, als Emma ihre Arbeitskleidung anzog und an Volkerts Bett trat. Er war wach und richtete sich schläfrig auf.

»Bleib doch noch ein bisschen liegen!«

»Keine Sorge, das tue ich bestimmt«, antwortete er.

Etwas verlegen schauten sie einander an.

»Ich werde auch noch aus diesem Bergwerk rauskommen«, versprach Emma.

»Und wenn nicht, komme ich dich holen. Vielleicht finde ich etwas Besseres für uns alle. Bis dahin schicke ich jeden Cent, den ich verdiene, nach Hause. Und, Emma, da ist noch was, das ich dich fragen wollte. Was hältst du eigentlich von Jef?«

»Jef?«

»Magst du ihn?«

»Ja... doch.«

Volkert lachte hellauf.

»Ich hör schon, daraus wird nichts. Aber vielleicht überlegst du es dir noch. Wirklich, Jef ist ein prima Kerl und er ist verrückt nach dir.«

»Ich heirate keinen Bergmann«, sagte Emma entschieden, »sonst komme ich hier nie weg.«

Die Tage wurden länger und Emma musste nicht mehr im Dunkeln aufstehen. Begleitet vom Schein der aufgehenden Sonne, ging sie morgens zum Bergwerk und am frühen Abend, wenn sie wieder heraufkam, begrüßten sie die Schwalben, die in den blauen Himmel aufstiegen.

Sie vermisste Volkert. Sie vermisste seine Kameradschaftlichkeit, seine Späßchen und auch sein aufsässiges Verhalten im Bergwerk. Am heimischen Esstisch war der Stuhl ihr gegenüber schrecklich leer. Annekatrien weigerte sich, ihn wegzustellen, als erwartete sie ihren Sohn jeden Augenblick zurück.

»Warum hören wir nichts von ihm, Keube?«, fragte Emma traurig und kauerte sich auf dem Friedhof vor Keubes Grab nieder. »Du hast damals zu ihm gesagt, er könne doch jederzeit fortgehen. Jetzt hat er es getan. Wo mag er wohl sein? Kannst du bitte auf meinen Bruder aufpassen?« Wie jeden Sonntag legte sie ein Sträußchen Feldblumen auf Keubes Grab – und nicht nur auf seines, sondern auch auf die Gräber derer, die ihm so lieb gewesen waren.

Jetzt, da es abends länger hell war, ging sie manchmal auch noch nach dem Abendessen hin, um ein wenig Unkraut zu jäten und den grünen Bewuchs von den Grabsteinen zu entfernen. Eines Abends hörte sie dabei eine Stimme hinter sich.

»Wie sorgsam du das machst. Als ob hier Verwandtschaft vor dir liegt!«

Emma wandte sich um: Rudolf stand hinter ihr. Sofort fühlte sie sich unbehaglich. Obwohl er ihnen regelmäßig mit Kohlen und Nahrungsmitteln half, sprachen sie einander fast nie.

»Verwandtschaft? Ja, ein wenig ist es so«, antwortete sie. »Vielleicht weil wir jetzt in ihrem Haus wohnen. Und weil sie genauso alt war wie ich.«

Emma wies auf Veerles Grab.

Rudolf trat neben sie und betrachtete das Steinkreuz.

»Wir haben Glück gehabt damals«, sagte er.

Emma nickte. Sie wollte fortfahren, den Stein zu säubern, aber Rudolfs Anwesenheit machte sie unsicher. Was wollte er hier?

Sie sah die Mappe in seiner Hand.

»Ich komm vom Notar«, erklärte er, als er ihren Blick bemerkte. »Er ist sehr an Fotografie interessiert. Willst du mal sehen?«

Emma nickte.

Sie gingen über den Friedhof und setzten sich auf ein Mäuerchen, von dem aus sie einen wunderschönen Ausblick auf die welligen Ackerstreifen hatten. Rudolf öffnete seine Mappe und entnahm ihr Abbildungen, die Emma augenblicklich fesselten.

Auf den ersten Blick sah sie, dass es keine Zeichnungen waren, dafür wirkten sie viel zu echt. Und an der Umsicht, mit der Rudolf sie herausnahm, erkannte sie, dass es Fotografien sein mussten.

»Schau ...« Rudolf reichte ihr das Porträt einer alten Frau, auf dem jede Runzel des Gesichts scharf wiedergegeben war.

»Wunderbar!« Verwundert betrachtete Emma die Fotografie zunächst von nahem und hielt sie dann mit gestrecktem Arm von sich. »Es ist, als ob die Frau lebt! Als ob sie mir gegenübersitzt!«

Ein Wunder, solch eine Fotografie! Das war es also, worüber Rudolf gesprochen hatte, als sie im Bergwerk eingeschlossen waren.

Emma legte das Bild der alten Frau beiseite und nahm ein anderes.

»Das bist ja du!«, rief sie überrascht. »Wie ist das möglich!«

Rudolf lachte über ihre Verblüffung.

»Es ist ziemlich kompliziert. Pass auf, du hast einen Apparat, eine Kamera, die sozusagen das Licht auf einer speziellen Platte mit Silbersalzen einfängt. Manche Silbersalze verfärben sich, wenn Licht darauf fällt. Und wenn man diese Salze festhält, fixiert, dann bekommt man ein Abbild der Wirklichkeit in Schwarz und Weiß. Das nennt man eine Fotografie.«

»Wenn man also eine Fotografie von mir machen würde, dann würde ich ihr genau gleichen«, sagte Emma.

»Du *wärst* es! Es ist, als ob du die Zeit einen Augenblick anhältst und sie auf eine Platte bannst.«

»Das ist nicht möglich!«

»Doch, wirklich! Es ist, als ob man Schatten festhält. Der Unterschied zwischen den dunklen und den hellen Stellen ergibt die Abbildung.«

»Woher weißt du das alles?«

»Mein Vater kennt einen Fotografen, Eduard Asser. Wir waren einmal bei ihm in Amsterdam zu Besuch, da hat er mir gezeigt, wie er Fotografien herstellt. Und in seinem Garten hat er diese von mir gemacht. Damals war ich natürlich etwas jünger.«

»Aber nicht viel. Ich hab sofort gesehen, dass du es bist.«

Emma betrachtete andächtig das Bild. Ein Stückchen Zeit, für immer auf ein Blatt Papier gebannt. Wie war es nur möglich ...

»Ist es nicht großartig?«, fragte Rudolf. Gemeinsam betrachteten sie die Fotografie.

»Unglaublich«, staunte Emma. »Es muss wunderbar sein, alles festhalten zu können, was man wichtig oder schön findet.«

»Wenn du eine Fotografie machen könntest, eine einzige nur, was würdest du dann wählen?«

Sie dachte angestrengt nach und Rudolf wartete gespannt.

»Meinen Vater«, meinte sie schließlich. »Ja, meinen Vater, wie er früher dreinschaute, als wir noch in Slenaken wohnten, und wie er jetzt schaut. Aber, nein, das geht nicht, das wären ja schon zwei Fotografien.«

»Macht nichts«, sagte Rudolf leise. »Ich denke, es würden zwei ganz außergewöhnliche Fotografien werden. Die meisten Leute wollen selbst gar keine Bilder machen. Sie wollen fotografiert werden, prächtig herausgeputzt und am liebsten mit all ihren Besitztümern um sich herum.«

»Ich hab keine Besitztümer«, sagte Emma, als erklärte das alles.

Rudolf lachte hellauf.

»Ich wünschte, ich hätte eine Kamera, dann würde ich ein wunderschönes Porträt von dir machen«, sagte er.

Emma wurde rot.

»So eine Kamera ist sicher sehr teuer«, meinte sie.

»Ja.«

Gedankenverloren betrachtete sie die Landschaft. Die Sonne sank bereits und die Schatten wurden länger.

»Bald ist Kirmes«, sagte Rudolf.

Emma nickte. Sie hatte die Anschlagzettel im Dorf gesehen.

»Es wäre schön, wenn wir zusammen gingen«, meinte Rudolf träumerisch.

»Das würde nur Getratsche im Dorf geben«, entgegnete sie nüchtern.

»Ja…«

Eine Weile saßen sie schweigend nebeneinander und betrachteten die sanft ansteigenden Weiden und Felder, die durch Hecken in Parzellen geteilt waren. Langsam ging die Sonne unter und ließ die Weiden noch einmal aufleuchten.

»Arme-Leute-Gold«, murmelte sie, »das einzige Gold, das allen gehört.«

Rudolf lachte überrascht.

»Das sagt mein Vater immer«, erklärte sie.

»Da hat er Recht. Es ist wunderschön!«

»Nur kann man nicht viel damit anfangen«, sagte sie und ihr Blick schweifte zur Seite, wo die hohe Kohlenhalde die Landschaft verunstaltete.

»Ich hab meine Mutter gefragt, ob sie noch jemanden im Haus braucht«, erzählte Rudolf, »als Dienstmädchen oder Küchenhilfe. Aber sie meinte, sie habe genug Personal. Büttgenbachs brauchen auch niemanden. Gerade hab ich noch den Notar gefragt, das heißt, seine Frau, denn sie regelt diese Sachen. Sie werde es sich überlegen, hat sie gesagt. Und wenn sie niemanden brauchen, erkundige ich mich beim Doktor.«

Verblüfft sah Emma ihn an.

»Das hast du wirklich getan? Für mich?«

»Ja. Ich wäre erleichtert, wenn du aus diesem Bergwerk herauskämst.«

Ihre Miene blieb unbewegt, doch sie schaute Rudolf lange an.

»Ich kann es in Maastricht versuchen oder in Heerlen. Da wohnen Verwandte von uns«, überlegte er. »Aber dann wärst du weit weg von zu Hause. Würdest du das schlimm finden?«

»Ich weiß es nicht«, meinte sie zögernd. Sie war noch nie von zu Hause fort gewesen.

»Was kannst du gut?«, fragte er.

»Ich kann hart arbeiten.«

»Das weiß ich, aber etwas Spezielles?«

»Weben, stricken, Käse machen, Kleider nähen«, zählte Emma auf. Ein einziger Blick auf Rudolf ließ sie schweigen. »Aber das können fast alle Mädchen.«

Rudolf nickte nachdenklich.

10

»Emma, kannst du eben zu Bergstein gehen?«, bat Annekatrien. »Wir brauchen Zucker, eine Tüte Kaffeebohnen, ein Stück grüne Seife, Tabak und Mehl. Aber du musst es auf Pump holen.«

Emma sah ihre Mutter erschrocken an.

»Auf Pump?«

Annekatrien schwieg, sie presste die Lippen zu einem schmalen Strich zusammen. Emma wusste, woran sie dachte. Seit Volkert weggegangen war, hatten sie nichts mehr von ihm gehört. Wo mochte er sein? Ob er Arbeit gefunden hatte? Warum schickte er dann kein Geld nach Hause? Und wenn er keine Arbeit gefunden hatte, wovon lebte er dann?

Emma ging auf die Straße hinaus. Es war schon recht warm draußen. Etliche Dorfbewohner standen auf die untere Hälfte ihrer Haustüren gelehnt und plauderten miteinander. Einige Männer saßen in Hemdsärmeln vor ihren Häusern und ließen sich die Sonne auf die weißen Arme und die Brust brennen. Jef lehnte an seiner Hauswand, ging aber auf Emma zu, als er sie sah.

»Hallo, Emma!«

»Hallo, Jef!«

»Wohin gehst du?«

»Zu Bergstein.«

»Ich komm ein Stück mit«, sagte Jef und war sogleich an ihrer Seite.

»Hast du die Anschlagzettel im Dorf gesehen? Bald ist Kirmes!«

Emma nickte.

»Bist du schon für die Kirmes verabredet?«

»Nein.«

»Willst du mit mir hingehen?« Er fragte ganz schnell, mit einem Gesicht, als dächte er: Wer nicht wagt, der nicht gewinnt.

Emma sah ihn an, wie er da vor ihr stand: dunkel, in der Blüte seines Lebens, doch mit wächsernem, bleichem Gesicht, gebeugten Schultern und etwas krummen Beinen. Und dann schob sich Rudolfs Bild vor ihre Augen: Rudolf mit seinem gesunden, lebhaften Gesicht, dem geraden Rücken und den energischen Bewegungen.

»Na?« Jef schaute sie fragend an. Seine Haltung drückte eine gewisse Unsicherheit aus.

»Ja, gut«, stimmte sie zu.

»Schön! Wunderbar! Abgemacht also! Und… hast du heute Nachmittag schon was vor?«

Emma wies auf Bergsteins Laden.

»Und wenn ich nach Hause komme, muss ich meiner Mutter bei der Wäsche helfen.«

»Oh… na gut, dann sehen wir uns morgen wieder.«

Emma nickte und öffnete die Tür zum Krämerladen. Die Türklingel schepperte, als sie eintrat, und ein leichter Geruch nach Bohnen und Mehl schlug ihr entgegen. Es war voll in dem drückend warmen Raum; sie musste lange warten, bis sie an der Reihe war. Als sie endlich bedient wurde, waren die meisten Kunden noch da und hielten ein Schwätzchen miteinander.

»Was darf es sein, Emma?«, fragte Dominicus Bergstein.

»Ein Kilo Zucker, bitte, ein Tütchen Kaffeebohnen, ein Stück grüne Seife, Tabak und zwei Kilo Mehl«, sagte Emma. »Können Sie es bitte anschreiben?«

Hinter ihr stockten die Gespräche.

»Anschreiben…«, wiederholte Dominicus und kratzte sich den schon etwas kahlen Kopf, »nun ja, ich weiß nicht…«

»Wir haben keine Schulden stehen«, erinnerte Emma.

Dominicus kontrollierte sein Kassenbuch.

»Das stimmt, aber…«

»Es ist sogar schon eine ganze Weile her, dass wir etwas auf Kredit gekauft haben«, fügte Emma noch schnell hinzu. Ängstlich studierte sie sein Gesicht. Er würde ihr die Einkäufe doch wohl nicht verweigern?

»Anschreiben? Die?«, hörte sie jemanden hinter sich murmeln.

»Weißt du was, Dominicus? Schreib meine Einkäufe doch auch auf Mullenders Rechnung!«, tönte Jettes schrille Stimme durch den Laden.

»Und die von den anderen auch! Die schicken die Rechnung ja doch zum *Land van Rode*. Kaffee – das muss man sich mal vorstellen! Ich bin schon froh, wenn ich Zichorie oder gebrannten Sirup im Haus hab. Ich weiß schon gar nicht mehr, wie echter Kaffee schmeckt. Ihr vielleicht?«

Damit wandte sie sich den anderen Frauen zu, die Emma von der Seite musterten.

»Nelleke, was brauchst du?« Jette stieß ihre Nachbarin an. »Tabak für deinen Mann? Das wird eine Überraschung! Gertrude! Krapfen für die Kinder! Pack ein, Dominicus! Für alle gleich zwei! Emma wird schon dafür sorgen, dass bezahlt wird. Den Mullenders fehlt es an nichts!«

Jetzt redeten alle durcheinander. Dominicus versuchte, die aufgeregten Frauen zu besänftigen, aber sie erdrückten Emma fast am Tresen.

»Los doch! Bestell was für uns!«

»Meine Kleine geht schon ewig barfuß! Hast du Klompen, Dominicus?«

»Gib ihr doch Schuhe! Richtige Schuhe! Damit laufen Mullenders' Mädchen auch rum!«

»Zucker! Ich brauche Zucker!«

»Jette, lass das Kind in Ruhe! Schluss jetzt, das ist doch wohl nicht nötig!«

Dominicus kam hinter seinem Ladentisch hervor, nahm Emma am Arm und half ihr zwischen den Frauen hindurch zur Tür.

»Komm lieber wieder, wenn es ein bisschen ruhiger ist«, riet er.

Damit schloss er die Tür. Die Ladenklingel schepperte laut.

Draußen waren Leute stehen geblieben. Neugierig musterten sie Emma.

Am dritten Sonntag im Mai begann die Kerkrader Kirmes, ein Ereignis, auf das sich alle im weiteren Umkreis schon lange gefreut hatten. Es versprach ein warmer Tag zu werden und am Samstagabend wurde in allen Häusern des Dorfes geschrubbt und gewienert. Die Fachwerkhäuschen wurden frisch geweißt und die Unterkante der Mauern schwarz geteert. In den Backhäusern dahinter wurde der Ofen angeheizt und ein Kuchen nach dem anderen hineingeschoben. Für dieses Fest hatten alle gespart; jetzt wurden die letzten Centstücke hervorgezaubert, um die Kuchen mit Obst zu füllen und das Kirmesfest in vollen Zügen zu genießen. Der Duft frischer Obstkuchen, die unter den Vordächern abkühlten, verbreitete sich im ganzen Dorf. Emma war unruhig. Sie stand an der Tür, lehnte sich auf den unteren Teil und horchte auf das Geläut der Morgenglocke der Sankt-Lambertus-Kirche. Das Läuten wurde von den Trommeln des Schützenvereins übertönt, der den Weckruf spielte. Eine Horde von Kindern folgte lachend und lärmend dem Musikzug. Junge Burschen und Mädchen schlenderten Arm in Arm zur Vogelweide. Emma schaute ihnen nach.

Hinter den wehenden Fahnen der alten Zunft, des Schützenvereins Sebastiaan, tauchte Jef auf. Er musste warten, bis der Spielmannszug vorbeimarschiert war. Lachend winkte er ihr zu.

Kurz darauf kam er über die Straße, blieb vor der Tür stehen und rief fröhlich: »Kommst du mit? Ich will heute keine Minute versäumen!«

Emma nickte, öffnete die Tür und trat hinaus.

»Ich geh, Mama!«, rief sie ins Haus.

»Ja, wir gehen auch gleich! Wir sehen uns dann!«, rief die Mutter zurück.

Ihre Stimme klang fröhlich, sie schien glücklich über die Unterbrechung der täglichen Sorgen und des Alltagstrotts.

»Du siehst wunderschön aus!«, sagte Jef herzlich.

Emma lächelte ihn an. Sie trug dieses Kleid, ihr sauberstes, jeden Sonntag in der Kirche.

»Ich wünschte, du würdest mich nur halb so nett finden wie ich dich, Emma. Dann würde ich dafür sorgen, dass du die Bergarbeiterkluft nicht mehr brauchst«, erklärte Jef ernsthaft.

In einem plötzlichen Gefühl der Sympathie hängte Emma sich bei ihm ein und drückte leicht seine Hand. So schlenderten sie zur Vogelweide, wo die Kirmes stattfand und zugleich ein Markt. Umherziehende Spielleute, Wahrsager und Hausierer hatten sich ein Fleckchen erobert und überall wurden Spiele veranstaltet. Wer im Tonnenstechen, Mastklettern, Sackhüpfen oder Eierlaufen geschickt war, konnte sich mit anderen messen. Im Mittelpunkt des ganzen Spektakels stand ein buntes Karussell, das von Männern in Bewegung gesetzt wurde.

»Willst du auf so ein Pferd?«, bot Jef an.

»Nein, nein, das wäre doch schade um dein schönes Geld!«, lehnte Emma schnell ab.

»Heute wird gefeiert, Em! Wir wollen doch nicht nur zugucken, wie andere ihren Spaß haben!«

»Lass uns lieber tanzen, das kostet nichts.«

In der Mitte der Wiese hatte man einen großen Platz freigelassen. Der schlammige Boden war getrocknet, sodass man dort gut tanzen konnte. Das ganze Dorf war jetzt auf den Beinen. Die Männer trugen ihre besten Mützen, die Frauen ließen die Röcke schwingen.

Jef nahm Emma in die Arme und zog sie in die tanzende Menge. Er sprang so übermütig herum, dass sie schließlich erschöpft vor Lachen in seinen Armen lag. Eigentlich ist er ganz nett, dachte sie und ließ sich von Jef überreden, etwas trinken zu gehen. Auf dem Weg zog er sie zu einer Bude, bei der sich Mädchen vor Schals und Bändern und Jungen vor Taschenmessern und Schirmmützen drängten.

»Welcher Schal gefällt dir? Der grüne oder der gelbe? Oh nein, der blaue, der passt so gut zu deinen Augen. Hallo, geben Sie mir so einen blauen!«, rief Jef dem Händler zu.

»Nein, Jef! Nicht!«, protestierte Emma und zog Jef am Ärmel, aber er hörte nicht. Er nahm den Schal entgegen und band ihn Emma um. Das frische Blau passte wunderschön zu ihrem weißen Häubchen und dem blauen Kleid, aber sie konnte sich nicht recht darüber freuen.

»Jef, wirklich! Du darfst nichts für mich kaufen!«

»Und warum nicht?« Er zog sie mit, heraus aus dem Gedränge und ins Dorf hinein, wo das Fest sich schon in die Wirtshäuser verlagerte.

»Weil ich mich dann schuldig fühle. Du hast hart für das Geld gearbeitet und solltest es nützlich verwenden.«

»Ich kann mir nichts Nützlicheres vorstellen, als dich glücklich zu machen. Weißt du eigentlich, dass du dich noch gar nicht bedankt hast?«

»Dankeschön!« Emma stellte sich auf die Zehenspitzen und küsste ihn auf die Wange. Er schaute ein bisschen enttäuscht drein, aber dann lachte er auch schon wieder.

Nicht lange danach waren mehr Männer im Dorfkrug versammelt als auf der Kirmes. Während Jef und einige andere an der Theke ihre Heldentaten erzählten, verließ Emma die Schenke. Sie lief an den Buden entlang und schaute sich nach ihren Freundinnen um. Haske, Nettie und Floor unterhielten sich bei der Waffelbude. Emma winkte und wollte sich gerade zu ihnen gesellen, da sah sie Rudolf auf sich zukommen.

Was er wohl hier wollte? Zögernd wartete Emma, bis er vor ihr stand.

»Hallo«, begrüßte er sie leichthin.

Zurückhaltend erwiderte sie den Gruß und betrachtete Rudolf dabei mit einigem Erstaunen. Für seine Verhältnisse war er recht lässig gekleidet. Er trug eine lange Hose und ein Oberhemd, allerdings von einer Qualität, mit der er sich von den Dorfbewohnern immer noch deutlich abhob.

Emma sah geradezu vor sich, wie er zweifelnd vor seinem Kleiderschrank stand, und sie lächelte.

»Ich hatte nichts zu tun, da dachte ich, dass ich mich auch ein bisschen auf der Kirmes umsehe«, sagte Rudolf und guckte sich scheinbar interessiert um. »Hast du Lust, ein Stück mit mir zu bummeln?«

Nach ihrer Erfahrung in Bergsteins Laden schien Emma das nicht sehr vernünftig, aber sie konnte sich nicht überwinden, Nein zu sagen. Sie versuchte, die sie anstarrenden Dorfbewohner gar nicht zu beachten, und ging mit ihm.

Beim Schießstand blieben sie stehen. Rudolf schaute einigen Männern zu, die versuchten, Preise zu schießen. Als sie fortgingen, legte er Geld auf den Tresen und ergriff selbst ein Gewehr.

Er schoss so lange, bis er zwei Preise gewonnen hatte: eine Puppe und ein Spitzenhäubchen.

»Bitte sehr, das Häubchen für dich und die Puppe für deine kleinen Schwestern«, sagte er. Dann ging er zur Wurfbude und warf so lange, bis er eine Schirmmütze gewann. Zu Emmas Erstaunen freute er sich unbändig darüber. Er setzte sie sofort auf und zog sich den Schirm über die Augen.

»So!«, sagte er zufrieden.

Emma war zunächst verdutzt, musste dann aber herzlich lachen.

»Was ist denn?«, fragte Rudolf.

»Nichts!«

»Du lachst mich aus!«, sagte er und spielte den Beleidigten.

»Die Schirmmütze! Sie sieht zu komisch aus!« Sie hielt sich die Hand vor den Mund, um das Lachen zu verbergen.

Jetzt musste er selbst lachen. Kurz darauf blieb er beim Bäckerstand stehen.

»Warte nur ab, nachher gewinne ich noch ein Paar Klompen!«, kündigte er an und kaufte eine Tüte Krapfen.

»Na, das wird deinen Eltern ja gefallen!«

Rudolf bot ihr Krapfen an.

»Meinen Eltern gefällt vieles nicht. Aber eines Tages bin ich hier weg, pass nur auf!«

»Und wohin gehst du dann?«

»Amsterdam, Paris, egal. Irgendwohin, wo ich alles über Fotografie lernen kann. Im Augenblick versuche ich, bei jemandem in die Lehre zu kommen.«

Plötzlich überfiel Emma ein Gefühl von Trostlosigkeit und Einsamkeit. Sie biss in einen Krapfen, ohne etwas zu schmecken. Alle gingen fort von hier, nur sie nicht.

Als sie kurz zur Seite schaute, bemerkte sie die allgemeine Aufmerksamkeit. Sie wurden angestarrt, die Leute stießen einander an und langsam, aber sicher bildete sich ein Kreis um sie, der sich immer enger schloss. Es waren hauptsächlich Frauen.

Emma wurde es warm.

»Ich muss gehen«, sagte sie hastig. »Eigentlich war ich mit Jef hier und…«

»Sieh an!« Plötzlich stand Truke vor ihr. »Was haben wir denn hier für eine traute Zweisamkeit?«

Emma versuchte, an ihr vorbeizukommen, aber so leicht ließ Truke sie nicht gehen.

»Schmeckt's? Hier, nimm noch einen!«

Ehe Emma sich's versah, hatte Truke ihr die Tüte Krapfen aus der Hand gerissen und warf einen nach dem anderen den umstehenden Frauen zu, die sie gierig auffingen.

Den letzten stopfte sie Emma so tief in den Mund, dass sie fast erstickte.

»Flittchen, das du bist! Wie oft hast du dich denn hingelegt für einen Sack Kohlen oder ein paar Brote? Warte nur, bis du alt und hässlich bist, dann lässt dich jeder in den Dreck fallen!«

Einige murmelten beifällig. Immer mehr Frauen versammelten sich um Emma.

»Und guck nur her! Ein Häubchen, eine Puppe, Krapfen! Sicher hast du gedacht, du könntest mit vollen Händen nach Hause gehen! Lass doch mal sehen, ob dir das Häubchen passt!« Truke riss Emma die Haube aus der Hand, warf sie zu Boden, zog sie durch einen Haufen Pferdemist und versuchte, sie Emma aufzusetzen.

»Hau ab, Weib! Lass mich in Ruhe!« Emma stieß Trukes Hände von sich und griff nach dem Häubchen.

»Nein, nein, es wird dir prächtig stehen! Es passt genau zu dir!« Truke hielt Emma am Arm fest und setzte ihr mit der freien Hand das stinkende Häubchen auf.

Gejohle ertönte rundum.

Rudolf drängte sich nach vorn, stieß Truke beiseite und hielt sie auf eine Armlänge Abstand.

Trukes Gesicht war verzerrt vor Hass. Sie riss sich los und versuchte, von der anderen Seite an Emma heranzukommen, doch Rudolf blieb zwischen ihnen.

Keet trat vor: »So, jetzt reicht's. Los, Emma, geh Kirmes feiern!«

»Mit *deinen* Leuten!«, schrie Jette.

Ihre Bemerkung fand lauten Beifall. Die Frauen drängten Rudolf ab und stießen Emma, bis sie stürzte. Schnell stand sie auf, wurde aber augenblicklich wieder zu Boden geworfen.

Rudolf stellte sich schützend vor Emma, doch auch von ihm ließen sich die Frauen nicht zurückhalten.

Schließlich kam Jef mit ein paar Freunden angerannt. Er stieß die Frauen beiseite und sah Emma auf dem Boden sitzen.

»Belästigt er dich?«, schrie er. Er baute sich vor Rudolf auf und krempelte die Ärmel hoch. Rudolf erwiderte seinen Blick leicht abschätzig. Jef tänzelte um ihn herum, stieß und provozierte ihn. Rudolf wandte sich ab.

Fieneke packte ihren Sohn am Arm und warf einen nervösen Blick auf Rudolf.

»Jef, hör auf! Bitte! Er hat sie überhaupt nicht belästigt. Fang keine Schlägerei an, sonst kriegen wir nur Probleme!« Feldhüter Nicolaas Beilen näherte sich.

»Los, Leute, zurück zum Fest!«, rief Keet hastig.

Im Handumdrehen hatte sich die Gruppe zerstreut. Der Feldhüter traf nur noch einen leicht zerknittert aussehenden Rudolf an, dem Jef immer noch drohende Blicke zuwarf, während sich Emma aufrappelte. Die Haare hingen ihr zerzaust ins Gesicht und ihr Kleid war voller Staub und Pferdemist.

»Alles in Ordnung, Feldhüter!«, sagte Rudolf gelassen. »Kleine Meinungsverschiedenheit. Ist uns ein bisschen außer Kontrolle geraten ...«

Nicolaas Beilen blickte zweifelnd von einem zum anderen.

»Ich kann Anzeige erstatten, Herr Brandenburg.«

»Nein, lassen Sie nur. Ich fürchte, es war meine Schuld.« Rudolf trat zu Emma und streckte ihr die Hand entgegen. Sie wich zurück.

»Emma, bist du ...«, begann er.

»Mir fehlt nichts, Rudolf. Danke für deine Hilfe. Aber geh jetzt lieber.«

Verständnislos schaute er sie an.

»Du kannst nichts für mich tun«, erklärte sie, »verstehst du das denn nicht? Du kannst wirklich nichts für mich tun! Es ist besser, wenn wir uns nicht mehr treffen.«

Lange sah Rudolf sie an. Dann wandte er sich ab und verließ schweigend das Dorf.

11

Am nächsten Tag kam niemand so recht in Gang. Die meisten Männer hatten am Sonntag zu viel getrunken und liefen noch leicht benommen durch die Stollen. Emma ging Jef aus dem Weg, so weit es möglich war. Jedes Mal, wenn sie mit einem leeren Korb in der Abbaukammer erschien, vermied sie es, ihn anzusehen. Jef hatte sich das Hemd ausgezogen und wandte ihr den entblößten Oberkörper zu. Schweißtropfen zogen eine Spur durch die schwarze Staubschicht auf seiner Haut.

»Bist du immer noch böse? Du hast doch deinen Willen gekriegt. Ich hab deinen Freund nicht zusammengeschlagen!«, rief er Emma zu.

»Ich versteh sowieso nicht, warum du das wolltest!«, gab sie bissig zurück.

»Wegen seiner eingebildeten Visage natürlich! Der kommt daher, als ob ihm das ganze Dorf gehört, spannt uns mit seinem Gerede und seinem Geld unsere Mädchen aus und ...«

»*Unsere* Mädchen? *Wessen* Mädchen meinst du genau?«, fiel sie ihm ins Wort.

»Ja, Jef, jetzt redest du Unsinn«, stimmte Haske zu. »Als ich mit diesem Burschen aus Chevremont ging, hast du auch nicht so ein Theater gemacht.«

»Das ist was ganz anderes«, brummte Jef.

»Er ist eifersüchtig«, erklärte Haske, als sie ihre Wagen durch die Stollen zogen, »aber hör mal, was willst du eigentlich von diesem Rudolf? Er passt nicht zu dir.«

»Vielleicht nicht«, sagte Emma, »aber Jef ebenso wenig.«

Der Arbeitstag war erst zur Hälfte herum, als plötzlich jemand schreiend in den Stollen gerannt kam, durch den Emma ihren Förderwagen zog.

»Wasser! Das Wasser kommt!«

Aus allen Stollen ertönte dasselbe angstvolle Geschrei.

»Wasser! Das Wasser kommt!«

»Tom!«, schrie Emma. Fieberhaft schaute sie sich um. Wo steckte er nur? Gerade eben war er noch hinter ihr gewesen!

»Tom!« Sie versuchte, den Tumult zu übertönen, aber alle riefen und schrien durcheinander.

Jef kam gerannt und packte sie am Arm.

»Komm mit, Emma!«

Mehr stolpernd als laufend hastete sie neben ihm her.

Ein anschwellendes Rauschen kündigte das Wasser an. Emma schaute angstvoll zurück, konnte aber in der Dunkelheit nichts erkennen. Sie hörte nur das bedrohliche Rauschen des Wassers, das gegen die Stollenwände klatschte. Noch einmal drehte sie sich um und sah nun ein eindeutiges Glitzern.

»Da ist es!«, schrie sie und griff nach Jefs Arm.

Jef hielt sie fest. Das Wasser gurgelte um ihre Füße. Sie rannte hinter den anderen Kumpeln her, behindert vom Wasser, das immer schneller stieg. In den Stollen brach Panik aus. In wilder Flucht rannten alle zu den Leitern. Es war ein Stoßen, Schieben, Stolpern. Aus den niedrigen Seitengängen quälten sich Kinder mühsam heran, den Kopf gerade noch über Wasser.

»Ich hab Tom verloren!«, rief Emma und sah sich voller Angst um.

»Keine Zeit!« Jef stieß sie vorwärts. Das Wasser stand ihnen schon bis zu den Knien und stieg immer noch. Als sie bei der Leiter ankamen, reichte es ihnen fast bis zum Bauch.

»Oh, mein Gott!«, sagte Jef plötzlich.

Emma folgte seinem Blick zur Leiter. Die Kumpel drängten und stießen sich, jeder wollte als Erster hochklettern.

»Wir saufen ab!«

»Lass mich los, Mann!«

»Hau ab, ich war zuerst da!«

»Weg da!« Karel hängte sich an einen, der sich vorzudrängeln versuchte, und zerfetzte ihm das Hemd. »Hier sind doch Kinder, verdammt noch mal!«

Auch einige andere versuchten, ein wenig Ordnung ins Chaos zu bringen, aber bei den meisten Kumpeln war die Panik zu groß, als dass sie noch hätten zuhören können. Die Kinder konnten schon nicht mehr stehen und wurden, so gut es eben ging, von den Erwachsenen in die Höhe gehalten, aber auch ihnen stand das Wasser schon bis zum Bauch. Sie reichten die Kinder von einem zum anderen weiter. Verzweifelt hielt Emma nach Tom Ausschau.

»Ich hab Tom immer noch nicht gesehen!«, rief sie Jef zu, der scharf darauf achtete, dass sie nicht von der Leiter abgedrängt wurden. Er schob Emma nach vorn und ohrfeigte einen Kumpel, der sich vordrängen wollte.

»Wahrscheinlich ist er schon oben!«, vermutete Jef. »Wir können auf keinen Fall mehr in die Stollen zurück.«

Verzweifelt schaute Emma in das finstere Loch hinter sich,

in dem das Wasser schon fast bis zur Firste stand. Es gurgelte und brodelte und reichte ihr inzwischen bis zum Kinn.

»Ich kann nicht schwimmen!«, keuchte sie.

Sie schlug mit den Armen aufs Wasser und strampelte mit den Füßen, um oben zu bleiben.

Auf der Leiter war die ärgste Panik vorüber, da die meisten Kumpel auf dem Weg nach oben waren. Mit einer Hand ergriff Jef eine Sprosse, mit der anderen zog er Emma heran. Dann half er ihr auf die Leiter und schob sie hinauf. Mühsam zog sie sich hoch. Ihre voll gesogenen Kleider waren bleischwer und die Sprossen glitschig.

»Jef! Komm doch!« Jef hing immer noch an der Sprosse. Er half Keet und Floor hinauf, aber auch, als sie sich hinaufhangelten, machte er keine Anstalten, seinerseits die Leiter emporzusteigen. Seine Aufmerksamkeit schien auf etwas gerichtet, das Emma nicht sehen konnte, doch sie hörte leise Hilferufe.

Zu ihrem Entsetzen ließ Jef die Sprosse los und glitt ins Wasser zurück.

»Jef!«, schrie sie.

»Ich seh ihn, Em!«, schrie er zurück.

»Jef!«, rief sie noch einmal, doch das tintenschwarze Wasser hatte ihn schon mitgerissen.

»Geh weiter, Emma!« Sie bekam einen Stoß von Keet.

Und Emma kletterte. Unter ihr stieg das Wasser weiter. Sie hörte es rauschen und gurgeln. Bis hier herauf konnte es doch wohl nicht steigen? Sie war jetzt schon fast bei der Zwischensohle, wo die nächste Leiter begann. Dort würde sie in Sicherheit sein… *wenn* sie nicht fiel. Ihre Füße glitten an den Sprossen ab und die Hände fanden an den glatten Holmen kaum Halt.

Höher, höher. Nicht runterschauen. Fest darauf vertrauen, dass alles gut geht.

»Pass auf!«

»Halt dich fest!«

Emma schauderte in ihrer nassen Kleidung. Ihr Fuß rutschte von der Sprosse. Zu Tode erschrocken klammerte sie sich an die Leiter. Mit Ohrensausen und wild hämmerndem Herzen kletterte sie weiter. Dann endlich: Licht! Ein heller Ausschnitt, der größer und größer wurde und sich mit einem wolkigen Himmel und den Gesichtern von herabschauenden Menschen füllte.

Als ihr Kopf oberhalb des Schachtes erschien, griff ihr jemand unter die Arme und zog sie das letzte Stück heraus. Die Frauen drängten sich um sie.

»Eine von den Mullenders! Annekatrien, deine Tochter!«

Emma kroch vom Schacht weg. Ihre Beine zitterten so, dass sie es nicht wagte, sich unmittelbar neben dem Schacht aufzurichten. Sie sah das kreideweiße Gesicht der Mutter, fühlte ihre Arme um sich. Neben Annekatrien stand Sofie, mit großen erschreckten Augen in ihrem vom Kohlenstaub schwarzen Gesicht. Sie hatte Mayke an der Hand, aber wo war Tom? Wo war Papa?

»Die anderen, Mama? Wo sind Papa und Tom?«, fragte Emma mit schriller, angsterfüllter Stimme.

Annekatrien schüttelte nur den Kopf.

Aber dann kam Henk herauf. Annekatrien flog ihm in die Arme, doch sofort wich die Freude der nächsten Angst: »Tom? Wo ist Tom? Hast du ihn gesehen?«

»Bei uns war er nicht«, sagte Henk mit verzerrtem Gesicht. »Er war mit Emma beim Schleppen.«

Mit einem Ruck wandte sich Annekatrien Emma zu. Die stand triefend und mit hängenden Schultern hinter ihr.

»Er war irgendwo hinter mir, Mama. Ich hab ihn nirgends gesehen, als das Wasser kam. Ich hab ihn gerufen und gesucht, aber ich hab ihn nicht gesehen. Wirklich, Mama, ich hab ihn gesucht! Dann hat Jef mich mitgezogen.«

Sie begann zu stottern und brach in Tränen aus.

»Jef? Wo ist Jef? Warst du bei ihm?«

Fieneke ging gerade mit Haske vorüber und stürzte auf Emma zu.

»Wir waren gleichzeitig an der Leiter, aber er ist nicht mitgekommen. Er wollte noch jemandem helfen«, schluchzte Emma und wischte sich über die Augen.

Ich seh ihn, Em!, hatte er gerufen. Er hatte Tom gemeint, sie war ganz sicher.

Aber als Fieneke weiterging, fasste Emma Haske am Arm. Sie war nicht nass, also musste sie gerade beim Schacht gewesen sein, als das Wasser kam.

»Haske, kann Jef schwimmen?«

»Nein.« Haske sah Emma starr an. »Hat er wegen Tom die Leiter losgelassen?«

»Ich… ich weiß es nicht.«

»Du weißt es genau. Ihr wart doch zusammen! Er hat die Leiter losgelassen, nicht? Weil er Tom sah.« Haske maß Emma mit einem kalten, feindseligen Blick. »Wenn Jef ertrunken ist, ist es eure Schuld!« Sie stapfte davon. Fassungslos schaute Emma hinter ihr her.

»Und Tom? Wessen Schuld ist das?«, schrie sie ihr nach.

Haske wandte sich nicht mehr um.

Immer mehr Dorfbewohner trafen beim Bergwerk ein. Klagend und betend versammelten sie sich beim Schacht, spähten hinunter und erwarteten bang und angespannt die heraufsteigenden Kumpel: Kinder und Erwachsene.

Emmas Blick glitt über die Gesichter der Überlebenden und der Opfer. Jef war nicht dabei. Tom war nicht dabei. Doch immer noch kamen Menschen herauf.

Boeskens stapfte mit großen Schritten im Kreise herum.

158

»Männer, gibt es Freiwillige? Da unten sind Menschen in Not! Freiwillige vor! Los!«

Aus der dichten Menschentraube lösten sich einige Kumpel: Diejenigen, die als Erste dem Wasser hatten entkommen können und deren Kleidung nicht einmal nass geworden war. Auch ein paar Frauen drängten nach vorn.

»Mein Mann ist noch unten!«

»Habt ihr Hendrika gesehen?«

»Ich geh mit runter, ich will selber suchen!«

Die Freiwilligen banden sich Stricke um den Leib und stiegen an der glitschigen Leiter in das pechschwarze Loch hinab. Boeskens ließ sich in einem Holzkorb abseilen.

Emma drängte sich zum Schachtrand und schaute hinunter. Sie sah den Steiger abwärts gleiten. Das unruhig tanzende Licht seiner Grubenlampe ließ den Glimmer an der Steinkohlenwand aufblitzen. Bitte, lass Jef und Tom da unten an der Leiter hängen! Mach, dass sie gerettet werden! Sie betete so inbrünstig wie noch nie.

Der Abstieg des Rettungstrupps dauerte schier endlos, noch länger der Wiederaufstieg. Die Männer schüttelten die Köpfe und ertrugen geduldig, dass an ihnen gezerrt und gezogen wurde.

»Hast du Hendrika gesehen?«

»Mein Sohn ist noch unten! Ist er auf der Leiter?«

Boeskens stieg aus seinem Korb und verkündete: »Es konnte niemand mehr hochkommen. Schon die erste Leiter steht zur Hälfte unter Wasser. Wir müssen warten, bis es gesunken ist. Im Augenblick können wir nichts tun.«

Bleich und mit erschütterter Miene schritt er durch die schluchzende Menge.

Emma stand erstarrt und ungläubig inmitten all der Traurigkeit. Das konnte nicht wahr sein! So was konnte nicht wirklich geschehen sein! So schön das Wetter tags zuvor gewesen war, so bewölkt war es jetzt. Wind kam auf. Emma schlug schaudernd die Arme um den Leib. Sie drängte sich zwischen andere Kumpel, die um den Feuerkorb standen, um sich ein wenig zu trocknen.

Sie waren tot, das war gewiss. Andernfalls wären sie heraufgekommen. Aber warum hatte man sie nicht gefunden? Waren sie untergegangen, fortgetrieben worden? Oder hatte Jef doch noch eine Möglichkeit gefunden, sich und Tom in Sicherheit zu bringen?

Ihr gegenüber am Feuer standen Haske und deren Mutter. Sie sahen Emma nicht an, starrten nur unablässig in die rot glühenden Kohlen. Emma schaute sich um, als sie Unruhe hinter sich wahrnahm. Die Menschen machten Platz für den Bergwerksdirektor, Herrn Büttgenbach. Ihm folgte sein Sohn Franz und hinter ihnen erschienen auch Rudolf und sein Vater. Herr Büttgenbach und Herr Brandenburg, beide mit hohen, schwarzen Hüten und wehenden Rockschößen, ließen sich von Boeskens informieren. Ihre Gesichter waren ernst.

Emma bemerkte, dass Rudolf zu ihr herüberschaute, doch sie wich seinem Blick aus. Sie wandte sich ab und stellte sich zu den wartenden Kumpel.

Die hölzerne Abflussleitung wurde repariert und langsam sank der Wasserspiegel. Den ganzen Nachmittag über hielten sich die Kumpel beim Schacht auf. Als die Stollen schließlich trocken waren, versammelte sich fast das ganze Dorf beim Bergwerk. Auch Direktor Büttgenbach, Rudolf und sein Vater, die nach Hause zurückgekehrt waren, kamen jetzt in einer Kutsche wieder.

Emma hatte sich ein blaues Wolltuch um den Kopf geschlungen, als Schutz gegen den kalten Wind.

Der Bergungstrupp stieg wieder in den Schacht. Die Kumpel versammelten sich um den Schachteingang und warteten mit angespannten Gesichtern. Emma ging zu ihren Eltern, die in schweigender Umarmung verharrten. Annekatrien weinte. Henk zog seine älteste Tochter an sich. Nach schier endlosem Warten war Gepolter aus dem Schacht zu hören: Der Bergungstrupp kam herauf.

In beklemmender Stille sahen die Kerkrader, wie die Männer auftauchten und die ersten Leichen herausreichten. Die Wartenden begannen zu schluchzen, zu weinen. Frauen knieten neben ihrem Mann oder Kind nieder, legten das Gesicht auf die leblose Brust und waren nicht zu bewegen, sich von den Toten zu trennen. Durch einen Tränenschleier sah Emma, wie Jef heraufgehoben wurde und kurz darauf auch Tom. Sie lagen nebeneinander im Sand, die Augen offen, die Haut runzlig vom Wasser.

Emma war fassungslos. Das war nicht Tom, der da lag! So steif und reglos, vom Wasser aufgedunsen.

Vorsichtig trat sie näher. Nein, das war nicht ihr Bruder. Das war nur eine Hülle, unempfindlich gegen den Regen, der plötzlich herunterkam.

Emma betrachtete Jefs Leichnam. Sie wollte zu ihm hin, hatte aber nicht die Kraft, sich weiter zu nähern.

Ihre Mutter saß auf der Erde und hielt Tom in den Armen. Sie weinte nicht. Es kamen nur ganz seltsame Laute aus ihrer Kehle. Vorsichtig löste Henk Toms Körper aus der Umarmung, hob ihn hoch und trug ihn, sorgsam mit einer Hand den Kopf stützend, nach Hause. Ihm folgten die heftig schluchzende Annekatrien und Emma, die verstört und zu bestürzt war, um weinen zu können. Sie trug den wild strampelnden Elmer. Still und bedrückt trotteten Sofie und Mayke neben ihr her. Bauern und Kumpel, denen sie begegneten, nahmen ihre Mützen ab und blickten ihnen voller Mitleid nach. Aus manchem Fenster starrten Leute, daheim gebliebene Dorfbewohner traten aus den Häusern, schienen etwas sagen zu wollen, blieben dann aber schweigend stehen.

Mit der Hilfe einiger Nachbarinnen richtete Annekatrien ihren Sohn her. Gemeinsam zogen sie ihm sein bestes Hemd an und sorgten dafür, dass ständig jemand bei Tom wachte.

Das Schluchzen, die geschlossenen Fensterläden und der mit einem schwarzen Tuch verhängte Wandspiegel bedrückten Emma.

»Ich muss aufs Häuschen«, murmelte sie.

Dorthin konnte sie sich eine Weile zurückziehen. Mit hochgezogenen Beinen kauerte sie auf dem Abort, lehnte mit geschlossenen Augen den Kopf an die Wand aus rohem Holz. So lange wie möglich blieb sie dort und lauschte dem Regen, der auf das Dach trommelte.

Am Tag des Begräbnisses schlug das Wetter um. Die Sonne strahlte und der blaue Himmel spiegelte sich in den Pfützen auf dem Kirchhof. Emma blickte empor und versuchte nach Kräften, sich Jef und Tom in diesem blauen Himmel vorzustellen. Dort war Gottes Herrlichkeit, dort mussten sie nicht mehr hungern oder Schwerarbeit leisten. Aber dieser Gedanke linderte ihre unendliche Trauer nicht im Geringsten. Sie vermisste den kleinen Bruder. Sie vermisste Jefs munteres Lächeln. Sie vermisste beide so sehr, dass es körperlich schmerzte.

Ach, wäre Volkert doch nur hier! Sie sehnte sich schrecklich nach ihrem Bruder. Aber er wusste ja nicht, was geschehen war.

Tom und Jef wurden nacheinander begraben. Als beide Särge in die Gruben gesenkt worden waren, standen plötzlich Emma und Haske einander gegenüber, beide mit rot umränderten Augen, beide mit von tiefem Schmerz gezeichnetem Gesicht.

Sie sahen einander an. Wer den ersten Schritt gemacht hatte, wusste Emma nicht, doch plötzlich umarmten sie einander und hielten sich fest. Das ganze Dorf weinte. Zugleich versuchte ein jeder, dem anderen Trost zuzusprechen. Irgendwo ganz hinten im Schatten der Kirche stand auch Rudolf. Er wirkte niedergeschlagen und als er bemerkte, dass Emma zu ihm hinschaute, wollte er zu ihr gehen. Doch sie löste sich aus Haskes Umarmung und trat zu ihrer Familie. Während die Dorfbewohner den Kiesweg des Friedhofs entlanggingen, standen die Mullenders noch eine Weile an Toms Grab. Nur den Gesang der Vögel hörte man in der Stille.

Am nächsten Tag wartete wieder die Arbeit in der Zeche. Die Kumpel machten sich ausnahmslos an die Erneuerung der Stützen, die sich mit Wasser voll gesogen hatten. Für Sofie und Mayke gab es eine Weile keine Arbeit und jetzt, da sie unbeschwert draußen spielen konnten, vergaßen sie ein wenig ihren Kummer. Emma half verbissen bei den Abstützarbeiten. Angst vor der Dunkelheit, vor dem Knacken und anderen unerwarteten Geräuschen hatte sie nicht mehr. Gleichgültig machte sie ihre Arbeit und verließ am Abend mit den anderen Frauen und Mädchen das Bergwerk, während die Männer noch weiterarbeiteten. Als Emma aus dem Schacht stieg, waren ihre Hände voller Splitter. Die tief stehende Sonne schien ihr grell ins Gesicht und auf dem Heimweg musste sie die Augen mit der Hand beschatten.

Auf halbem Weg sah sie Rudolf an einen Baum gelehnt stehen. Als Emma sich näherte, kam er auf sie zu.

»Hallo, Emma. Wie geht es dir?«

Sie hob hilflos die Schultern.

»Es tut mir so Leid wegen Tom.«

Sie schwieg.

»Ich finde es so schrecklich, Emma, wirklich. Ich muss immer an euch denken. Vielleicht kann ich etwas tun...«

»Was denn?«, fragte Emma. »Was solltest du tun können?«

»Demnächst gehe ich nach Amsterdam und mache eine Ausbildung als Fotograf – ich kann dafür sorgen, dass auch du hier fortkommst, Emma. Ich kann dir Arbeit besorgen. Verwandte von uns in Maastricht suchen ein Dienstmädchen. Du würdest Kost und Logis bekommen und außerdem noch einen kleinen Lohn, sodass du für deine Familie etwas sparen kannst.«

Emma schwieg. Rudolf drängte: »Es ist deine Chance, Emma. Es gibt viele Mädchen, die dringend solche Stellen suchen. Du *musst* sie annehmen.«

Er hatte Recht. Es *war* ihre Chance. Die Stellen bei den Reichen waren umkämpft. Dort hatte man die Sicherheit einer täglichen Mahlzeit und eines ordentlichen Schlafplatzes. Aber es bedeutete auch, dass sie das Elternhaus verlassen musste, fort von Vater und Mutter, dem Brüderchen und den beiden kleinen Schwestern.

Emma schwirrte der Kopf. Ob sie sich jetzt sofort entscheiden musste?

»Was wirst du tun? Kann ich sagen, dass du die Stelle annimmst?«

»Ja...«, sagte sie nach langem Zögern.

»Gut! Ich werde meinem Onkel und meiner Tante schreiben.«

Rudolf tat einen Schritt auf sie zu und zögerte dann. Sie sahen einander in die Augen, dann wandte er sich um und schritt davon. Emma blickte ihm sinnend nach, bevor sie langsam nach Hause ging.

»Bist du verrückt geworden?« Annekatriens Stimme überschlug sich. »Volkert ist weg, Tom ist tot und jetzt lässt *du* uns im Stich! Wie sollen wir denn über die Runden kommen?«

»Ich schicke alles, was ich verdiene, nach Haus, Mama!«, rief Emma.

»Du bekommst Kost und Logis. Das ist schon ein Teil des Lohns. So viel wird nicht übrig bleiben!«, höhnte Annekatrien.

Wildes Geheul ertönte: Elmer saß festgebunden auf seinem Töpfchen und wollte herunter. Annekatrien trat zu ihrem Jüngsten, band ihn los und nahm ihn hoch. Sie beruhigte den Kleinen und setzte ihn auf den Boden. Sofort krabbelte Elmer zur offenen Tür.

»Nein, Elmer! Nicht nach draußen!«

Annekatrien schloss den unteren Teil der Tür und Elmer begann erneut zu weinen.

Emma setzte sich auf einen Stuhl und schaute die Mutter an. »Mama...«, sagte sie leise und flehentlich.

»Was willst du jetzt von mir hören?« Brüsk wandte Annekatrien sich ihr zu. »Soll ich sagen: Wie schön für dich, Emma, geh nur nach Maastricht. Wir kommen schon zurecht? Nein, Emma Mullenders, wir kommen *nicht* zurecht.«

Emma schlug die Augen nieder. Der harte, bittere Klang in der Stimme ihrer Mutter tat ihr weh. So hatte sie in Slenaken nie gesprochen, wie schwer sie es auch hatten.

»Ich lass euch nicht im Stich, Mama«, sagte sie leise. »Ich bekomme in Maastricht Lohn. Und eine Chance! Eine Chance, aus diesem Bergwerk herauszukommen! Wenn ich die nicht ergreife, kommt bestimmt nie wieder eine. Dann sitze ich für den Rest meines Lebens hier fest.«

»Wir sitzen hier alle fest«, sagte Annekatrien tonlos,

»dein Vater und ich, Sofie und Mayke. Sogar er.« Sie wies auf Elmer.

Emma biss sich auf die Lippen.

»Ich weiß nicht, ob ich es ertrage, noch ein Kind zu verlieren.« Auch Annekatrien setzte sich jetzt an den Tisch. »Ich weiß wirklich nicht, ob ich das ertrage. Also bitte mich nicht darum, Emma!«

An diesem Abend saßen sie schweigend beim Essen. Mechanisch nahm jeder seinen gewohnten Platz ein, auch wenn dadurch jetzt zwei Stühle in ihrer Mitte leer blieben. Der von Volkert war nie fortgeräumt worden, ebenso wenig wie der von Tom gleich daneben. Und ihr eigener würde der dritte sein, stellte Emma sich nun vor. Wie hatte sie nur daran denken können fortzugehen!

»Emma«, begann die Mutter.

Emma schaute auf.

»Es tut mir Leid, Mama«, sagte sie, »du hattest Recht.«

Annekatrien schüttelte den Kopf.

»Ich habe mit Vater darüber gesprochen«, fuhr sie mühsam fort. »Er sagt, dass die Zeche jetzt gefährlicher ist als je zuvor. Durch die Feuchtigkeit beginnt das Holz zu arbeiten.«

Emma starrte ihre Mutter ungläubig an, schaute dann fragend zu ihrem Vater hinüber, der den Blick auf seinen Teller gerichtet hielt.

»Also geh nur«, fuhr Annekatrien fort.

»Aber Mama! Du hast doch gesagt... du wolltest nicht noch ein Kind verlieren«, stammelte Emma.

»Eben«, sagte die Mutter.

Sobald Emma erfahren hatte, dass sie die Stelle in Maastricht antreten konnte, reiste sie ab. Sie schleppte einen Koffer, den Rudolf ihr hatte bringen lassen.

Es war früh am Morgen und das erste Sonnenlicht ergoss sich in breiten, lichten Strahlen über die Häuser. Niemand konnte ihr nachwinken; sie waren alle schon im Bergwerk, auch Annekatrien und Elmer.

Emma hatte schon am Abend zuvor von ihrer Familie Abschied genommen.

»Sei vorsichtig da unten, Papa«, hatte sie besorgt gesagt und ihren Vater umarmt. Henk hatte nur genickt, seine Tochter aber an sich gedrückt. Emma hatte ihre Mutter geküsst, das Brüderchen geherzt und lange abwechselnd Sofie und Mayke auf dem Schoß gehabt.

»Zum Glück brauchst du morgen nicht mit zum Bergwerk, was?«, hatte Sofie gemeint.

Nein, aber jetzt musste die Mutter an ihrer Stelle gehen und Elmer mit hinunternehmen.

Emma war zum Friedhof gegangen. Sie hatte an Toms Grab gesessen, bis ihr Vater gekommen war, um sie zu holen.

In Gedanken versunken saß Emma in der Postkutsche, die Hände im Schoß gefaltet. Sie trug ihr am wenigsten verschlissenes Kleid; den Rest ihrer dürftigen Habe hatte sie im Koffer verstaut – einem Lederkoffer, der ansonsten Dienstbotenkleidung enthielt.

Jacob Vaessen, der Kutscher, schnallte den Koffer mit Riemen auf dem Dach der Postkutsche fest. Zwei weitere Passagiere, Honoratioren aus Kerkrade, stiegen ein und ließen sich bei der gegenüberliegenden Wagentür nieder.

»Wir fahren!«, rief Jacob. Er kletterte auf den Kutschbock, ließ die Peitsche knallen und die Postkutsche setzte sich in Bewegung. In mäßigem Trab verließen sie Kerkrade.

Mit zugeschnürter Kehle starrte Emma auf die leeren Sitzplätze vor sich. In Gedanken war sie bei den anderen im Bergwerk. Auch an Tom musste sie immerzu denken – Tom, wie er seinen Förderwagen hinter sich herzog, mit vor Anspannung verzerrtem Gesicht.

12

Die Tage in Maastricht begannen früh, aber daran war Emma gewöhnt. Sie lauschte den sechs schweren Schlägen der Kirchenglocke von Sankt Mathias und schlüpfte aus ihrer Schlafnische. Es war kalt in ihrem Kämmerchen, einer kleinen Abseite unter der Bodentreppe ohne Fenster und Tageslicht und ohne Heizmöglichkeit. Aber sie konnte sich bis zur Tür vortasten, denn sie wusste genau, wo alles stand – das Tischchen mit dem Leuchter und der Kerze, der Stuhl und der Nachttopf. Sie tappte zur Tür, öffnete sie einen Spaltbreit, um ein wenig Licht hereinfallen zu lassen, und zündete die Kerze mit einem *Sollefer Stöcksken* an, wie sie die Schwefelhölzchen zu Hause in Kerkrade immer genannt hatten.

Schnell legte sie ihre Dienstmädchenkleidung an, ein blaues Baumwollkleid mit weißer Schürze und ein weißes Häubchen. Das Haar schlang sie zu einem Knoten im Nacken, dann hastete sie die Treppe hinab. Die erste Stunde des Tages verging immer wie im Fluge. Emma machte sich sofort an die Arbeit. Zuerst entfachte sie ein Kohlenfeuer im Herd.

Dann setzte sie große Wasserkessel auf, damit Herr und Frau van Merckelbach sich mit warmem Wasser waschen konnten, und deckte den Frühstückstisch im Speisezimmer. Um halb sieben kam der Bäckerjunge vorbei und kurz darauf das Milchmädchen von einem außerhalb der Stadt gelegenen Bauernhof mit zwei Eimern Milch am Tragjoch.

Um sieben Uhr kamen Griet, die Haushälterin, und Marie, das Tagesmädchen; dann begann allmählich das Leben im Haus. Außer Griet, Marie und Emma arbeiteten noch Claas, der Gärtner, und Stan, der Stallknecht, bei Herrn und Frau van Merckelbach. Vom ersten Tag an waren alle Emma gegenüber gleichermaßen freundlich und herzlich. Noch keine zwei Wochen war sie in Maastricht und doch hatte sie das Gefühl, schon lange Teil der vertrauten Familie zu sein, die das Personal bildete.

»Morgen, Emma«, grüßte Griet und hängte ihr nasses Umschlagtuch über einen Stuhl vor dem Feuer. »Wie gut, dass du den Herd schon anhast. Es ist so nass draußen! Und das soll nun Sommer sein!«

»Knistert hier schon ein schönes Feuerchen? Dann setze ich mich einen Augenblick her.«

Claas zog sich einen Stuhl ans Feuer und setzte sich zufrieden nieder, Stan folgte sogleich seinem Beispiel. Marie band sich zwar die Schürze um, machte aber ebenso wenig Anstalten, an die Arbeit zu gehen. Eigentlich hatten sie keine Zeit zum Sitzen, aber dies war die einzige Stunde des Tages, in der die Herrschaften ihnen nicht auf die Finger schauten.

»So müsste man den ganzen Tag verbringen können, nicht? Mit den schmerzenden Knochen am Feuer sitzen«, sagte Claas, der an Rheuma litt.

»Ich finde die eine Viertelstunde schon ganz wunderbar«, bemerkte Emma und setzte sich neben ihn.

»Du wirst froh sein, dass du jetzt hier bist«, meinte Stan.

Emma nickte, doch nicht aus vollem Herzen: Zu Hause waren sie jetzt schon seit Stunden bei der Arbeit – auch die Mutter, und zwar an ihrer, Emmas, Stelle.

»Täusch dich nur nicht, Stan! Die Mädchen müssen hier auch hart arbeiten«, sagte Griet.

»Und ob!«, bestätigte Marie.

»Aber immer noch besser als hundert Meter unter der Erde«, sagte Stan.

»Zweihundert«, korrigierte Emma.

»Daher das bleiche Gesicht«, meinte Claas. »Du musst mir mal im Garten helfen, dann kriegst du wieder ein bisschen Farbe!«

»Dazu hat Emma überhaupt keine Zeit«, widersprach Griet.

»Na, Grietchen, dich sehen wir aber auch schon mal heimlich hinter der Wäsche in der Sonne sitzen!«, neckte Stan und alle lachten, Griet selbst am lautesten.

»Und du?«, entgegnete sie. »Du wirst ja wohl nicht behaupten wollen, dass das Stroh in deinem Haar vom harten Arbeiten kommt, oder?« Wieder wurde gelacht und Claas versetzte Stan einen freundschaftlichen Rippenstoß.

Als sie sich wieder an die Arbeit machten und Emma mit Griet allein war, sagte sie: »Griet, die gnädige Frau legt meinen Lohn für mich beiseite. Ist das so üblich?«

Griet zuckte mit den Schultern.

»Das kommt schon mal vor, ja. Bei mir hat sie es auch lange so gemacht, aber eines Tages hab ich gesagt, dass ich mein Geld gleich haben wolle. Ich hab schließlich drei Söhne und zwei Töchter, die ich ernähren muss und die ständig aus ihren Kleidern rauswachsen. Sie wollte erst nicht, doch als ich gedroht habe wegzugehen, bekam ich meinen Willen. Für Marie spart sie das Geld auch und ab und zu gibt sie ihr was davon. Warum fragst du? Macht dir das Schwierigkeiten?«

»Nein, aber ich hatte gehofft, dass ich jede Woche etwas Geld nach Hause schicken kann«, erklärte Emma.

»Heute Abend musst du mit Marie beim Diner am Tisch bedienen. Meistens bekommt man ein Trinkgeld, wenn man die Gäste hinausbegleitet. Das kannst du ja sparen und nach Hause schicken«, schlug Griet vor.

Emmas Gesicht hellte sich auf, verdüsterte sich aber sofort wieder. »Am Tisch bedienen? Ich?«

»Nun, so schwierig ist das nicht. Ich zeig es dir. Wir müssen nur zusehen, dass du diesen komischen Dialekt ablegst. Er klingt so deutsch. Hier in Maastricht sprechen wir anders.«

Das hatte Emma auch schon bemerkt. Früher hätte sie sich nicht träumen lassen, dass das Limburgische so verschieden gesprochen wurde. In Slenaken sagte man *zwei*, in Kerkrade *zwai* und hier in Maastricht hieß es *twie*.

»Wer kommt denn heute Abend?«, fragte sie.

»Herr Petrus Regout und seine Frau. Heute Nachmittag werden wir alles besprechen.«

Den ganzen Nachmittag übte Emma, mit gefüllten Schüsseln zu gehen und zu servieren. Ihre Dienstherrin Aletta van Merckelbach schaute prüfend zu.

»Ausgezeichnet, Emma«, lobte sie. »Du trampelst jedenfalls nicht so wie Marie. Du hast eine natürliche *élégance*. Ich denke, du wirst es heute Abend sehr gut machen.«

Sie nickte ihr zu und Emma lächelte. Sie wusste nicht, was *élégance* war, aber die gnädige Frau hatte zufrieden ausgesehen.

Als die Gäste am Abend eintrafen, war sie nervös, doch die Arbeit ging ihr gut von der Hand. Nur einmal rutschte ihr beim Abräumen eine Gabel von den Tellern und fiel klirrend zu Boden, aber Herr van Merckelbach nickte ihr aufmunternd zu, und auch die Gäste, Herr Petrus Regout und seine Frau Maria, störten sich nicht an dem kleinen Missgeschick. Eigentlich beachteten sie sie überhaupt nicht.

In der Küche erfuhr Emma, dass Petrus Regout der Besitzer einiger florierender Ton- und Glaswarenfabriken war.

»›Topfkönig‹, wird er genannt und ›Wohltäter der Armen‹, weil er ihnen Arbeit gibt«, berichtete Griet.

Marie schnaubte. »Na, darüber denkt mein Bruder ganz anders. Für nicht mal drei Franken steht Peer achtzehn Stunden täglich vor diesen glühend heißen Öfen. Du solltest ihn frühmorgens mal zur Arbeit gehen sehen: Mit hängenden Schultern zieht er los. Und sonntagabends säuft er sich die Hucke voll, weil am nächsten Tag Montag ist und er wieder in die Fabrik muss.«

»Sie meint die Tonwarenfabrik hier um die Ecke«, erklärte Griet.

Emma nickte. Die hohen Gebäude im Boschstraatviertel mit den rauchenden Schornsteinen und den schrillen Fabrikpfeifen waren kaum zu übersehen.

»Da arbeitet meine ganze Verwandtschaft«, sagte Marie. »Und sie husten die ganze Nacht von dem vielen Staub, den sie einatmen. Ich habe Glück, sagen sie alle, weil ich hier gelandet bin. Aber keiner versteht, wie schuldig ich mich fühle, wenn ich sie zur Fabrik trotten sehe.«

Emma verstand es vollkommen.

Alles war anders in der Stadt und es kostete Emma einige Mühe, sich daran zu gewöhnen. Von Griet musste sie lernen, mit Messer und Gabel zu essen und höflich »Guten Tag« und »Guten Abend« zu sagen. Familie van Merckelbach *aß* nicht, sondern *dinierte*, und beim Bedienen musste Emma schweigen.

Von Rudolf hörte sie nichts mehr, aber das hatte sie auch nicht anders erwartet.

Sie machte Betten, bügelte Kleider, säuberte das Haus, putzte Silber, half in der Küche und bediente bei Tisch. Die van Merckelbachs waren zufrieden mit ihr und insgesamt keine schlechte Dienstherrschaft. Aletta van Merckelbach war recht distanziert. Ein kurzes Nicken war meist die höchste Form des Lobens, die man von ihr erwarten konnte.

»Griet, wo hast du eigentlich lesen gelernt?«, fragte Emma eines Morgens. Griet hatte die Ärmel hochgekrempelt und bereitete eine komplizierte Torte zu. Sie wischte sich die mehlbestäubten Hände an der Schürze ab und schaute abwesend vom Rezeptbuch auf dem Tisch auf.

»Lesen? Nun, wir waren zu Hause nicht so viele Kinder. Meine Mutter hat sechs von ihren neun Kindern schon früh verloren. Mein Vater war Tischler, ein wirklicher Fachmann, und er verdiente genug, um uns drei zur Schule zu schicken. Er sagte immer, er wollte uns die Chancen geben, die er nie gehabt hatte. Aber du kannst doch auch lesen, oder?«

»Es gibt aber viele Wörter, die ich nicht kenne.«

»Ja, und?«

»Ich will nicht mein Leben lang Dienstmädchen sein«, sagte Emma.

»Das musst du doch auch nicht! Du bist klug, du arbeitest hart. Du kannst es sicher wie ich zur Köchin und Haushälterin bringen«, meinte Griet.

Und eine etwas besser bezahlte Dienstmagd werden, dachte Emma. Ihr Gesicht sprach anscheinend Bände, denn Griet sah sie forschend an.

»Was ist das nur mit dir, Emma Mullenders? Wie kommt

es, dass du nicht einfach mit dem zufrieden sein kannst, was du hast?«

»Ist das denn verkehrt?«

»Gott hat uns allen unseren Platz im Leben gegeben und damit müssen wir zurechtkommen. Ob man reich ist oder arm, das ist eine Frage der Geburt und daran kann man nichts ändern. Es ist nicht *verkehrt*, mehr zu wollen, es ist *unmöglich*. Und du wirst nicht glücklicher werden, wenn du es doch versuchst«, sagte Griet überzeugt.

Emma schwieg.

Sie füllte einen Holzeimer mit kochendem Wasser und machte sich daran, die Freitreppe zu schrubben. Die musste bei jedem Wetter einladend sauber aussehen, so wünschten es die Herrschaften. Emma goss einen Schwall Wasser über den mit blauen Steinen belegten Aufgang, nahm die Bürste und begann zu schrubben. Sie dachte an zu Hause. An Elmer, der ja noch ein Baby war. An Sofie, die nun bald alt genug sein würde, Kohlen zu schleppen. Vielleicht hatten die Eltern sie ein bisschen älter gemacht, sodass sie schon unter Tage arbeitete. Und sie dachte an Mayke, die schon vor Tau und Tag auf der Abraumhalde war. Sie dachte an Tom …

Wäre sie zu Hause geblieben, müsste ihre Mutter jetzt nicht im Bergwerk arbeiten. Was sie wohl mit Elmer machte? Ob er bei einer Nachbarin bleiben konnte? Oder musste er Tag um Tag mit hinunter?

Sie hätte nicht fortgehen dürfen.

Ein wenig steif richtete sie sich auf und schaute die lange, breite Boschstraat hinunter. Ganz am Ende überragten die rauchenden Schornsteine der Glas- und Tonwarenfabrik die Dächer. Jeden Morgen in aller Frühe sah sie die Fabrikarbeiter vorüberziehen, eine graue Kolonne. Es waren viele Kinder darunter.

»Hallo, Em!«

Emma schrak zusammen, als sie die Stimme hinter sich hörte. Sie erwartete den Kohlenhändler oder den Jungen, der jede Woche Eier brachte, aber die nannten sie nicht so vertraulich »Em«.

Ruckartig wandte sie sich um – und schaute ihrem ältesten Bruder ins Gesicht.

»Volkert!«

Mit einem Freudenschrei fiel sie ihm um den Hals. Volkert lachte und küsste sie auf beide Wangen.

»Was machst du in Maastricht? Und wie hast du mich hier gefunden?«, fragte Emma aufgeregt.

»Ich hab dich da auf der Treppe stehen sehen und gedacht: Das ist doch nicht möglich! Sie sieht Emma nur ähnlich, sie kann es nicht sein. Aber du bist es doch!« Volkert strahlte übers ganze Gesicht.

»Was machst du hier? Hast du Arbeit in Maastricht?«, fragte Emma, immer noch aufgeregt. Sie musterte ihren Bruder mit kritischem Blick. »Anscheinend nicht, den Lumpen nach zu urteilen, die du am Leib hast.«

Gleichgültig zuckte Volkert die Schulter.

»Das sind nur Kleider. Sie sollen mich wärmen und das tun sie. Wenn ich jeden Tag ein Stück Brot hab und ein Plätzchen zum Schlafen, bin ich zufrieden.«

»Und, hast du Brot?«

»Oft schon.«

»Aber was machst du?«

»Ach, alles Mögliche. Das ist eine lange Geschichte«, sagte Volkert. »Wie geht's zu Hause?«

Er wusste noch nichts von Tom. Oh Gott, sie musste es ihm erzählen! Aber nicht hier draußen auf der Straße.

Von drinnen hörte sie die Schuhe der gnädigen Frau auf den Fliesen klappern. Ängstlich warf sie einen Blick hinter sich.

»Pass auf, ich muss jetzt meine Arbeit weitermachen, aber komm mich doch heute Abend besuchen. Geh am besten hinten rum, ich werde dafür sorgen, dass die Kutscheneinfahrt offen ist. Herr van Merckelbach ist zwar zu Hause, aber die gnädige Frau geht aus, dann sitzt er meistens den ganzen Abend in seiner Bibliothek und liest.«

»Gut, ich komme heute Abend wieder. Bis dann, Schwesterherz!« Ein Zwicken in die Wange und weg war er.

Am Abend saß Emma allein in der Küche. Die gnädige Frau war zur Versammlung eines Wohltätigkeitsvereins gegangen, der *Charité des Dames de Maastricht*, und der gnädige Herr hatte sich mit seiner Pfeife und einem Glas Wein in die Bibliothek zurückgezogen.

Im ganzen Haus herrschte tiefe Stille. Emma saß am Küchentisch und putzte Silber. Bei jedem Geräusch horchte sie auf.

Schließlich klopfte es am Fenster.

Emma sprang auf und öffnete die Küchentür. Gegen den dunklen Abendhimmel zeichnete sich eine Silhouette ab.

»Volkert?«, fragte sie leise.

»Ja.«

Ihr Bruder trat in den Lichtschein, der durch die Küchentür fiel.

»Leise sprechen!«, mahnte sie und legte den Finger an die Lippen, während sie ihn einließ.

Volkert nickte, setzte sich an den Küchentisch und schaute sich in der großen Küche um. Er betrachtete das blanke Kupfergeschirr und die weiß-blauen Wandkacheln, die in holländischer Sauberkeit blitzten.

»Willst du Tee? Oder Kaffee?«, fragte Emma.

»Hast du was zu essen für mich?«

Emma strich ihm ein paar Butterbrote und belegte sie mit dem Fleisch, das vom Essen übrig geblieben war.

»Hm, hier fehlt es dir sicher an nichts.« Volkert nahm einen großen Bissen und musterte seine Schwester. »Du siehst gut aus. Wie bist du hierher gekommen?«

»Durch Rudolf.«

»Ach, der gute alte Rudolf. Hörst du noch was von ihm?«

»Nein. Er ist in Amsterdam.«

Volkert nickte, nicht sonderlich interessiert. Jetzt musste sie ihm von Tom erzählen. Wie sollte sie nur anfangen? *Volkert, es ist etwas geschehen. Etwas Schlimmes.* Volkert schaute auf und lächelte sie an.

»Ich bin wirklich froh, dich wieder zu sehen, Em. Es war doch nicht so leicht fortzugehen. Ich hab oft an euch gedacht! Vor allem, als es schlecht lief und ich schon eine ganze Weile nichts verdient hatte.«

»Was machst du denn nun genau?«

»Eine Zeit lang hab ich in Regouts Fabrik gearbeitet. Grauenvoll war das!«

Er zeigte ihr seine Hände, die von Brandwunden gezeichnet waren.

»Wie kommt das?«, rief Emma bestürzt.

»Nun ja, von der Arbeit eben. Das Tongeschirr muss ja in die Öfen und später auch wieder raus.«

»Muss man denn mit bloßen Händen in den Ofen greifen?«

»Man geht ganz hinein. Das Tonzeug wird darin gebrannt und man muss es rausholen, wenn die Öfen noch kaum abgekühlt sind. Das würde nämlich viel zu lange dauern. Die nächste Ladung kommt rein und dann werden die Öfen wieder aufgeheizt. Einmal rein, einmal raus und schon hast du die Hände voller Blasen. Beim zweiten Mal brechen sie auf und es fängt an zu bluten. Das hört nicht mehr auf, weil man sich die Blutkrusten ständig wieder aufreißt. Am Abend hatte ich auch keine Augenbrauen mehr.«

Entsetzt hörte Emma zu.

»Zum Glück hab ich was Besseres gefunden. Aber lass uns nicht darüber sprechen. Erzähl doch, wie es zu Hause geht!«

»Äh, ja… Volkert, ich muss dir was sagen«, begann Emma zögernd. Der Klang ihrer Stimme ließ Volkert alarmiert aufschauen.

»Was denn?«

»Es geht um Tom.«

»Was ist mit Tom?«, fragte Volkert heftig.

Emma wagte kaum, ihn anzusehen. Sie starrte auf die Tischplatte und spielte mit dem kleinen Löffel in der Zuckerdose.

»Im Bergwerk gab es eine Überflutung. Die Ablaufrohre waren kaputt…«, begann sie leise.

»Ja, und weiter?«, drängte Volkert.

»Plötzlich lief die ganze Zeche voll. Ich hab Tom gesucht, nach ihm gerufen…« Sie stockte.

Volkert schaute sie starr an, wartete vergeblich auf ein beruhigendes Wort. Ihr kamen die Tränen. »Er war nicht rechtzeitig an der Leiter. Das Wasser stieg so schnell… Jef hat noch versucht ihn zu holen, aber er konnte selber nicht richtig schwimmen.«

Als sie aufschaute, sah sie Volkerts ungläubigen Blick.

»Er ist tot? Ertrunken? Das stimmt doch nicht, Emma! Das *kann* doch nicht sein!«

Die Ungläubigkeit verwandelte sich in Verzweiflung. Emma nahm seine Hand.

»Es ging alles so schnell«, sagte sie mit zitternder Stimme. »Ich war selber erst in letzter Sekunde an der Leiter. Das Wasser stand mir schon bis zum Kinn.«

»Tom«, murmelte Volkert entsetzt, »Tommie…«

Er verbarg sein Gesicht in den Händen und seine Schultern zuckten.

»Es ist meine Schuld!«, hörte Emma ihn erstickt sagen. »Er wollte so gern mit mir kommen! Ich hätte ihn mitnehmen müssen!«

Emma ging um den Tisch herum und umarmte ihn. Volkert ließ die Hände sinken und sah sie tief bekümmert an.

»Und die anderen?«

»Denen geht's gut.«

Sie sagte nichts weiter über Jef. Lange saßen sie schweigend beieinander, jeder in seine eigenen düsteren Gedanken vertieft.

13

Monate verstrichen. Aus dem Herbst wurde Winter und auch der neigte sich dem Ende zu. Volkert tauchte regelmäßig auf, manchmal mitten am Tag.

»Du darfst nicht immer hierher kommen, sonst kriege ich Ärger«, sagte Emma, als er eines Tages bei Frühlingsbeginn wieder einmal an der Küchentür erschien.

»Warum solltest du Ärger kriegen? Du darfst doch wohl von deinem eigenen Bruder Besuch bekommen!«, widersprach Volkert und lachte Griet einnehmend an.

»Nein, das darf ich nicht. Dafür hab ich meine freien Tage«, antwortete Emma.

»Tja, wer reich ist, kann anderen das Gesetz schreiben«, sagte Volkert lakonisch.

»Von mir aus darf dein Bruder dich gern besuchen«, sagte Griet bestimmt. »Davon braucht die gnädige Frau gar nichts zu wissen!«

»Na also! Aber wann ist denn nun dein nächster freier Tag?«, erkundigte sich Volkert.

»Nächste Woche Donnerstag.«

»Dann komm ich dich abholen«, versprach er. »Aber weshalb ich gekommen bin …«

Er wartete, bis Griet im Flur verschwunden war, und wies auf einen schmutzigen Sack zu seinen Füßen. »Kannst du den eine Weile für mich aufbewahren?«

Misstrauisch hob Emma den Sack hoch.

»Was ist das?«

»Das muss ich für eine Weile verschwinden lassen.«

»Und *was* musst du verschwinden lassen?«

»Ach, lass nur, ich nehme ihn wieder mit.« Volkert hob den Sack auf.

»Warum soll ich den Sack hier verstecken? Bist du in Schwierigkeiten?«

»Lass nur, Em, ich nehme ihn ja wieder mit. Du hast Recht, ich hätte dich nicht darum bitten sollen.«

Von irgendwo im Haus hörte man Frau van Merckelbachs Stimme: »Emma!«

Emma wandte sich rasch um.

»Du musst gehen, Volkert.«

»Ich bin schon weg. Bis nächste Woche, Schwester!«

»Und nimm den Sack mit!«, zischte Emma und schloss die Tür.

Aletta van Merckelbach kam herein und schien mit ihren plissierten Seidenröcken die ganze Küche zu füllen.

»Ich wollte kurz etwas mit dir besprechen, Emma. Nächste Woche Donnerstag hast du doch deinen freien Tag. Aber ich bekomme Gäste, also brauche ich dich.«

»Ich bin mit meinem Bruder verabredet, Frau van Merckelbach.«

»Kannst du das nicht verschieben?«

Das konnte sie natürlich, aber sie war nicht gerade glücklich darüber. Sie wagte es jedoch nicht, sich rundheraus zu weigern.

Frau van Merckelbach musterte sie abwartend mit leicht erhobenen Augenbrauen.

»Doch, Frau van Merckelbach.«

Die gnädige Frau nickte, als habe sie nichts anderes erwartet, drehte sich um und verließ mit rauschenden Röcken den Raum.

Unzufrieden mit sich selbst ging Emma in den Kohlenkeller, füllte die Schütte und schleppte sie zum Herd. Volkert hatte Recht: Wer reich war, konnte anderen das Gesetz schreiben.

Sie trat ins Freie, um sich den Kohlenstaub von der Schürze zu klopfen. Da sah sie etwas hinter dem Wäschewringer stehen. Es war der Sack, den Volkert ihr hatte aufdrängen wollen.

Emma murmelte eine Verwünschung und blickte sich um. Der Hof war leer; noch hatte niemand den Sack gesehen. Was sollte sie nur damit machen? Dieser verflixte Volkert!

Sie nahm sich nicht einmal die Zeit hineinzuschauen, sondern ergriff den Sack, trug ihn in den Kohlenkeller und versteckte ihn so weit und tief wie nur möglich unter den Kohlen.

Am Donnerstag zum Diner hatten sie alle Hände voll zu tun. Das Haus füllte sich mit Gästen, die Emma und Marie ihre pelzbesetzten Mäntel, ihre Hüte und Spazierstöcke in die Hand drückten.

Untereinander sprachen sie Französisch, wovon Emma kein Wort verstand. Aber als sie den ersten Gang servierte, hörte sie mehrmals das Wort *la mine*, wobei in ihre Richtung genickt wurde.

»Wirklich? Das scheint mir aber eine sehr schwere Arbeit für so ein zierliches Mädchen«, sagte ein Mann im Limburger Dialekt und musterte Emma erstaunt. Von Griet wusste Emma, dass er Jean Pustjens hieß und Verleger des Tageblattes *Le courant de Maastricht* war. Jean Pustjens war ein fortschrittlicher Geist, der sich in seiner Zeitung für die Belange der Arbeiter einsetzte. Die reichen Bürger von Maastricht dankten es ihm nicht, aber da er aus einer vornehmen Familie stammte, konnte die örtliche Bourgeoisie ihn nicht einfach links liegen lassen. Emma betrachtete ihn etwas aufmerksamer. Er war schon älter, sicher Mitte dreißig, aber seine Augen wirkten jung und strahlten Wärme aus.

»In welcher Zeche hast du gearbeitet, Mädchen? Bei Lüttich?«, erkundigte er sich.

»Nein, Herr Pustjens. In der Zeche bei Kerkrade«, antwortete Emma. Dass sie die Aufmerksamkeit auf sich zog, machte sie verlegen.

»Aha, die Zeche bei Kerkrade.«

Jean Pustjens blickte in die Tafelrunde. »Kennt sie jemand von Ihnen?«

Herr van Merckelbach nickte. »Mein Schwager hat ein Landgut bei Kerkrade. Er hält Anteile an der Zeche.«

»Und da hat dieses Mädchen gearbeitet? Interessant.«

Emma nahm das leere Tablett und verließ das Speisezimmer. Als sie sich umwandte, um die Tür hinter sich zu schließen, bemerkte sie, dass Jean Pustjens ihr nachschaute.

Am nächsten Tag stand er plötzlich vor ihr. Es war Mittagszeit, die Herrschaften waren ausgegangen und Emma wollte gerade mit Griet und Marie Tee trinken, als Jean Pustjens auf der Freitreppe erschien. Sie sah keine Kutsche; anscheinend war er zu Fuß gekommen.

»Die Herrschaften sind nicht zu Hause«, sagte Emma.

»Das weiß ich. Eben darum komme ich jetzt. Ich wollte dich gern sprechen, wenn du kurz Zeit hast.«

»Natürlich«, sagte Emma verwirrt und trat einen Schritt zurück, um ihn einzulassen.

»Ich habe allerhand über dieses Bergwerk gehört«, begann er ernsthaft. »Ist es wahr, dass dort schon ganz kleine Kinder eingestellt werden?«

»Ja.«

Nachdenklich tickte er mit seinem Spazierstock auf die Bodenfliesen.

»Ich würde gern mehr über diese Zeche hören und vor allem über deine Erfahrungen dort.«

Emma sah Tom vor sich und musste gegen ihre Tränen ankämpfen.

Pustjens bemerkte, wie sich ihr Gesicht verzog.

»Ich möchte gern deine Geschichte hören, Emma. Vielleicht kann ich damit die Leute zum Nachdenken bringen.«

Sie war unschlüssig. Ihre Geschichte zu erzählen, war eine Sache, sie jedoch in der Zeitung gedruckt zu sehen …

»Ich werde dich gut dafür bezahlen«, drängte er.

»Ich bekomme Geld dafür?«

»Ja, natürlich. Du wirst einen freien Nachmittag dafür opfern müssen. Diese Zeit vergüte ich dir zu deinem normalen Lohn, plus etwas extra. Einverstanden?«

»Wie viel?«

Er musste lachen.

»Sechs Gulden ist mir eine gute Geschichte wert.«

Sechs Gulden! Dafür musste ihr Vater eine ganze Woche arbeiten!

»Einverstanden«, sagte sie, ohne zu zögern.

»Wann ist dein nächster freier Tag?«

»Nächsten Donnerstag.«

»Dann komm um zwölf Uhr zum *Café du Casque* am Vrijthof. Ich werde dort sein und dann reden wir weiter.«

An ihrem freien Tag durfte Emma Schürze und Häubchen ablegen, die eigenen Kleider anziehen und melden, dass sie fortging. Im Haus zu bleiben, war nicht erlaubt, und sie musste auch selbst für ihr Essen sorgen. Die Herrschaften wollten kein herumlungerndes Personal im Hause haben.

Bei schönem Wetter bummelte sie meistens ein wenig durch die Stadt. War das Wetter schlecht, verließ sie das Haus durch die Vordertür und schlüpfte gleich darauf durch die Küchentür wieder herein. Dann hielt sie sich in ihrem Kämmerchen verborgen.

An diesem Donnerstag jedoch war es für Emma kein Problem, den Tag auszufüllen. Morgens stibitzte sie ein paar Butterbrote aus der Küche und schlenderte dann durch die Stadt, bis es Zeit war, zum *Café du Casque* zu gehen. Es war ein vornehmes Lokal, das die wohlhabenden Bürger Maastrichts gern aufsuchten. Extra für diese Gelegenheit hatte Emma bei einer Trödlerin ein Paar gebrauchte Schnürstiefel gekauft und sie auf Hochglanz poliert. In ihrem am wenigsten verschlissenen Kleid, mit einem neuen Umschlagtuch um die Schultern und die Haare zu einem Knoten im Nacken frisiert, überquerte sie den Vrijthof. An dem lauen Frühlingstag war der Platz voller Spaziergänger. Aus dem Konzertpavillon tönten die munteren Klänge eines Streichorchesters herüber.

Im *Café du Casque* war es voll, aber Emma bemerkte Jean Pustjens sofort. Er winkte ihr zu und erhob sich, um einen Stuhl für sie heranzuschieben.

»Ich war schon in Sorge, du könntest es dir anders überlegt haben«, sagte er.

Emma schüttelte den Kopf.

»Möchtest du etwas essen?«

»Ich habe Brot bei mir.«

»Hier kannst du wohl kaum dein mitgebrachtes Brot essen! Ich werde etwas bestellen. Sei unbesorgt: Ich habe dich eingeladen, also bezahle ich auch.«

Jean winkte den Wirt herbei und bestellte eine Flasche Rotwein, Brot und ein großes Stück *Rommedou*-Käse.

»So, nun erzählst du mir etwas über dein Leben.« Jean Pustjens holte einen Notizblock hervor und einen Schreibstift aus Metall. So einen Stift besaß Herr van Merckelbach auch; *plume métallique* hieß er, wie Emma erfahren hatte. Sie dachte nach, wusste aber nicht so recht, wie sie ihre Geschichte beginnen sollte.

Doch Pustjens hatte Zeit. Geduldig hörte er ihrem unzusammenhängenden Gestammel zu, bis sie durch seine Ruhe ein bisschen mehr Selbstvertrauen gewann.

Sie begann noch einmal, diesmal am Anfang, und berichtete, wie sie mit ihrer Familie von Slenaken nach Kerkrade gezogen und in der Zeche gelandet war und welches Unglück sie von diesem Augenblick an verfolgt hatte. Welche Todesangst sie ausgestanden hatte, als sie zweihundert Meter unter der Erde eingeschlossen war. Wie ihr Vater sich verletzt hatte und zu Hause sitzen musste und an seiner Stelle ihre Mutter mit Elmer in einem Tragetuch ins Bergwerk hinabgestiegen war. Jean Pustjens lauschte so aufmerksam, dass er vergaß zu schreiben. Sie schilderte auch, wie das Alter der Kinder gefälscht wurde, damit sie die schwere Arbeit des Kohlentransports verrichten konnten, wie die Kohlen in Körben aus der Zeche hinaufgeschleppt wurden und wie kleine Kinder fünfzehn Stunden am Tag Kohlen sortierten. Der stark riechende Rommedou blieb unangerührt.

Mit immer leiser werdender Stimme erzählte Emma von der Überflutung der Zeche. Von den vielen Toten, die heraufgeholt worden waren. Vom Tod ihres kleinen Bruders und eines ihrer besten Freunde. Und dann schwiegen sie lange.

»Warst du noch einmal zu Hause, seitdem du hier lebst?«, fragte Pustjens.

Emma tupfte sich die Tränen weg und schüttelte den Kopf.

»Vielleicht ist es besser so«, sagte sie.

»Vielleicht«, stimmte er zu. Nachdenklich studierte er seine Notizen.

»Weißt du, Emma, es wäre schade, deinen Bericht zusammenzufassen. Lieber würde ich ein Feuilleton daraus machen.« Auf Emmas fragenden Blick hin erklärte er: »Eine Fortsetzungsgeschichte. Jede Woche ein Stück von deinen Erlebnissen, und zwar so erzählt, als wäre alles gerade erst geschehen. Dann würden die Leute es verfolgen und sich beteiligt fühlen.«

Emma nickte zögernd.

»Glauben Sie wirklich, dass meine Geschichte die Leute ansprechen wird?«

»Eine einzelne Geschichte vielleicht nicht, aber viele zusammen schon.«

»Gut«, sagte Emma. »Wenn ich nur nicht meinen eigenen Namen benutzen muss. Denn dann verliere ich meine Stellung.«

»Natürlich, wir nehmen einen anderen Namen. Das ist kein Problem.«

Emma ergriff seine ausgestreckte Hand.

»Danke«, sagte sie.

Er trank einen Schluck Wein und schüttelte den Kopf.

»Nein«, sagte er, »*ich* habe zu danken.«

Das Feuilleton zeigte Wirkung. Nach einigen Folgen war ganz Maastricht davon gefesselt – die Arbeiter, weil sie sich in Emmas Bericht wiedererkannten, die Bürger, weil sie ein

Schicksal kennen lernten, das ihnen selbst zu ihrem Glück völlig fremd war.

Jean Pustjens kannte Emmas Geschichte zwar in groben Zügen, doch vor jeder neuen Folge verabredeten sie sich wieder, um die Einzelheiten zu besprechen.

»Kennst du dieses Mädchen zufällig?«, fragte Herr van Merckelbach Emma eines Abends.

Sie entzündete gerade das Feuer in seinem Studierzimmer.

»Welches Mädchen, gnädiger Herr?«

Herr van Merckelbach wies auf eine Spalte in der Zeitung.«

»Hedwig Rutten, früher im Kohlebergwerk von Kerkrade tätig«, las er laut vor.

Emma erstarrte. Wenn sie verneinte, wäre das nicht sehr glaubhaft.

»Ja, ich kenne Hedwig«, gab sie zu und wandte ihre ganze Aufmerksamkeit dem Kaminfeuer zu. Aus den Augenwinkeln sah sie, dass Herr van Merckelbach sie beobachtete.

»Das habe ich mir gedacht«, murmelte er und faltete nachdenklich die Zeitung zusammen.

»Könnte ich wohl einmal deinen Bruder sprechen?«, fragte Jean Pustjens, als Emma eines Morgens kurz in seinem Büro war. Es befand sich in der ersten Etage eines großen Gebäudes in der Helstraat nahe der Stadtmauer. Überall lagen Papierstapel herum und Leute liefen hin und her. Unten befand sich die Druckerei, in der Emma sich schon einige Male fasziniert umgesehen hatte.

»Volkert? Ach, ich weiß nicht«, zögerte sie.

»Er ist doch in Maastricht, oder?«

»Ja, aber ich weiß nicht, ob er seine Geschichte in der Zeitung haben möchte.«

»Warum nicht?«

Emma wählte ihre Worte sorgfältig.

»Ich glaube, damit wäre ihm nicht geholfen.«

Pustjens nickte verständnisvoll. Ob er wirklich verstand, wusste Emma nicht, aber zumindest fragte er nicht noch einmal.

Als sie zurückkam, wartete Griet schon auf sie, die Hände in die Hüften gestemmt.

»Du hast dir aber Zeit gelassen! Du solltest doch nur eben zum Krämer gehen!«

»Es tut mir Leid, Griet.« Emma wand sich aus ihrem zu engen Mantel. Aus Sorge, ihre Stellung zu verlieren, hatte sie selbst Griet nichts von der Sache mit der Zeitung gesagt.

»Na gut. Du hast wohl nicht den kürzesten Weg genommen. Geh nun schnell an deine Arbeit.«

Griet wies viel sagend nach oben und Emma eilte die Treppe hinauf, um die Zimmer zu putzen. Vor allem für Frau van Merckelbachs Damenzimmer brauchte sie immer lange. Dort standen so viele Schränkchen und Tischchen voller kleiner Sachen herum. Noch immer war sie nicht an die verwirrende Fülle von Tischdecken, Zimmerpflanzen und Nippes im ganzen Haus gewöhnt. In den Federbetten und ihren Vorhängen sammelte sich besonders viel Staub. Emma schüttelte die Kissen tüchtig aus und streute Heidemyrtenkraut gegen Flöhe auf die Bettgestelle. Als sie endlich mit allen Zimmern fertig war, waren Stunden vergangen und ihr Rücken schmerzte.

Emma ging hinunter. Marie wachste die schweren Holzmöbel im Wohnzimmer ein und in der Küche war Griet dabei, Tee zuzubereiten.

»Drei Tassen? Kommt Besuch?«, fragte Emma mit einem Blick auf das Tablett.

»Ja, ein Neffe der gnädigen Frau. Bringst du eben den Tee hinein?« Griet reichte ihr das Silbertablett.

Achtsam ging Emma zum Salon. Sie öffnete die Tür – und schaute Rudolf direkt ins Gesicht.

Wie zu Eis erstarrt, blieb sie in der Tür stehen.

»Komm herein, Emma«, winkte Frau van Merckelbach ungeduldig. »Stell das Tablett dorthin!«

Emma gelang es, aufrecht und würdevoll hineinzugehen und das Tablett auf den Tisch zu stellen, ohne dass auch nur eine Tasse klirrte.

»Hallo, Emma!« Rudolf lächelte ihr zu. »Wie geht es dir?«

»Gut«, sagte Emma mit einem schnellen Blick auf die Herrschaften. Die schauten für einen Augenblick verständnislos drein, erinnerten sich dann aber, dass es ja ihr Neffe gewesen war, der ihnen Emma seinerzeit empfohlen hatte.

»Erzähl weiter, mein Junge. Du willst dich also in Maastricht niederlassen?«, sagte Herr van Merckelbach gerade.

Wohl wissend, dass Rudolf jede ihrer Bewegungen beobachtete, schenkte Emma den Tee ein.

»Ich dachte, dein Vater sei nicht so begeistert über diese Fotografenausbildung gewesen«, meinte Frau van Merckelbach.

»Inzwischen hat er seine Meinung gründlich geändert«, sagte Rudolf.

»Und jetzt willst du dein Glück also in Maastricht versuchen. Schön, schön«, sagte sein Onkel mit breitem Lächeln. »Wenn du irgendwie Hilfe brauchst… sowohl finanziell als auch praktisch…«

Dabei machte er eine großmütige Geste.

»Ich konnte ein gutes Darlehen von der Bank bekommen«, erklärte Rudolf, »und ich habe auch schon ein Haus gemietet. Es ist nicht sehr groß, aber es genügt.«

»Ich bewundere deinen Unternehmergeist!«, sagte Edmond van Merckelbach anerkennend. »Wir werden die Ersten sein, die sich bei dir fotografieren lassen.«

»Finanziell magst du alles gut geregelt haben, aber mit unseren gesellschaftlichen Verbindungen können wir dir sicher ein Stück weiterhelfen«, bemerkte seine Frau.

»Dafür wäre ich euch sehr dankbar.« Rudolf lächelte seiner Tante höflich zu, doch ein gewisser Zug um den Mund drückte deutlich aus, dass er es auch ohne seine Verwandten zu schaffen gedachte.

Herr van Merckelbach zündete sich eine Zigarre an und blies dicke Rauchwolken in die Luft.

»Heute Abend geben wir ein Diner. Komm doch auch, Rudolf! Es wäre eine ausgezeichnete Gelegenheit, die bessere Gesellschaft von Maastricht kennen zu lernen.«

»Ja, wirklich!«, stimmte seine Frau zu. »Herr und Frau Regout werden kommen, Baron Dibbets Coenen van Olterdissen, kurzum: alles Leute, die für dich wichtig sein könnten. Soll ich dich auf die Gästeliste setzen?«

Rudolf warf einen kurzen Blick zu Emma hinüber.

»Sehr gern«, sagte er.

Jean Pustjens war an diesem Abend nicht zum Diner geladen. Das hatte Emma bereits gewusst, aber sie warf doch noch einen raschen Blick auf die Gästeliste. Natürlich standen Herr und Frau Regout darauf, außerdem Familie de Vexela, der Brauereibesitzer Prick, der bekannte Maler Alexander Schaepkens, Weinhändler Marres, Tabakhändler Ceuleneer, Baron Dibbets Coenen van Olterdissen und noch eine ganze Reihe anderer – alles klangvolle Namen wichtiger Maastrichter Persönlichkeiten.

»Ich glaube nicht, dass wir Herrn Pustjens hier noch einmal sehen werden«, meinte Griet. Sie stand über das Bügelbrett gebeugt, um einige Falten aus dem Kleid der gnädigen

Frau zu bügeln. »Der hat sich mit den Artikeln, die in letzter Zeit erscheinen, ziemlich unbeliebt gemacht.«

»Welche Artikel?« Emma schlug gerade Sahne und blickte nicht auf.

»Diese Geschichten über Kinderarbeit, in denen er alle so giftig angreift, die damit zu tun haben! Herr Regout ist rasend vor Wut und van Merckelbachs sind mit ihm einer Meinung.«

»Natürlich«, sagte Emma.

Griet nahm das aufgeheizte Bügeleisen vom Herd und tauschte es gegen das abgekühlte.

»Aber es ist doch eine anrührende Geschichte von diesem Mädchen. Ich hatte keine Ahnung, wie es in solchen Bergwerken zugeht. Du wirst darin viel wieder erkennen, nicht?«

»Ich kann nicht so gut lesen.«

»Ach ja, stimmt«, sagte Griet. »Kennst du dieses Mädchen aus der Geschichte eigentlich?«

Emma unterbrach kurz das Sahneschlagen.

»Wie heißt sie?«

»Hedwig.«

»Hedwig… Den Name hab ich schon mal gehört. Aber es gibt viele Mädchen, die Hedwig heißen.«

Griet schaute sie aufmerksam an und widmete sich dann wieder den Falten im Kleid.

»Es ist auch besser, wenn du sie nicht kennst«, meinte sie.

Der Rudolf, der am Abend mit den anderen Gästen im Salon saß, schien ein völlig Fremder zu sein. Emma trat mit einem Tablett voller Weingläser ein. Sofort fühlte sie seinen Blick auf sich gerichtet, vermied es aber, zu ihm hinzuschauen. Ihre Hände zitterten und sie versuchte seine Anwesenheit zu vergessen, indem sie auf das Gespräch achtete. Diesmal wurde nicht Französisch gesprochen, denn nicht alle Gäste beherrschten diese Sprache gleich gut.

Die Gäste sprachen über eine geplante eiserne Straße, über die Dampfwagen mit Schwindel erregendem Tempo von einer Stadt zur anderen rasen konnten.

»Dann kommt man jedenfalls noch vor dem Schließen der Stadttore an«, sagte Baron Dibbets Coenen van Olterdissen gerade. »Mit den Postkutschen gibt es doch immer Schwierigkeiten. Vor kurzem haben wir ein Rad verloren und als wir endlich Maastricht erreichten, war das Tor schon geschlossen. Ich stieg aus und klopfte und die Schildwache rief: ›Wer da?‹ Ich antwortete: ›Dibbets Coenen van Olterdissen.‹ Der gute Mann musste im Register nachsehen, wen er nach der Schließzeit noch einlassen durfte. Er öffnete die Luke und sagte: ›Baron Dibbets darf rein, aber die anderen nicht!‹«

Allgemeines Gelächter…

»Meiner Meinung nach sind diese Dampfmaschinen lebensgefährlich«, meinte Alexander Schaepkens. »Sie verursachen die größten Unglücke.«

»Offenbar kann man davon sogar verrückt werden«, stimmte Edmond von Merckelbach zu. »Deutsche Ärzte behaupten, die hohe Geschwindigkeit verursache *Delirium furiosum*, eine Geisteskrankheit.«

»Nun, so schlimm ist es wohl auch wieder nicht«, bemerkte Rudolf. »Ich bin selbst einmal damit nach Haarlem gefahren, als ich in Amsterdam wohnte, und ich meine, dass ich geistig nicht darunter gelitten habe.«

Wieder klang Gelächter auf.

Frau de Vexela beugte sich zu ihm und sagte: »Das kann man wohl sagen! Sie haben in Amsterdam die Kunst des Fotografierens gelernt, nicht wahr? Wie interessant! Darüber müssen Sie mir unbedingt alles erzählen!«

»Mit Vergnügen!«, antwortete Rudolf.

Emma verließ den Salon mit dem leeren Tablett.

Gemeinsam mit Marie bediente sie die Gäste bei Tisch. Mit gesenktem Blick ging sie herum. Gerade stand sie hinter Baron van Olterdissen und schenkte ihm Rotwein ein, als sie zufällig aufschaute… und Rudolf direkt in die Augen blickte. Er lächelte ihr zu – und plötzlich war sie wieder in Kerkrade, auf dem Friedhofsmäuerchen, wo sie seine Fotografien betrachtet hatten. Vorsichtig lächelte sie zurück. Dann blickte sie zur Seite und begegnete Aletta van Merckelbachs strengem Blick. Hastig ging sie weiter, blieb aber stehen, als sie Jean Pustjens' Namen hörte.

»Ich vermisse Jean«, sagte Frau de Vexela.

Frau van Merckelbach nahm einen Schluck Wein und sagte gelassen: »Jean ist zu sehr mit anderen Dingen beschäftigt.«

»Ja, was ist nur in diesen Pustjens gefahren?«, sagte Petrus Regout gereizt. »Ich habe ihn immer für einen harmlosen Weltverbesserer gehalten, aber er treibt es doch reichlich weit mit seinen Artikeln.«

Herr Ceuleneer schnitt sein Fleisch und nickte zustimmend. »Ja, und was Herr Pustjens vergisst, ist, dass ohne uns viele Familien ihrer Einkünfte beraubt wären. Statt auf eine ehrliche, anständige Art ihr Brot zu verdienen, müssten die Leute mit ihren Kindern betteln gehen.«

Emma hatte einmal Jean Pustjens von Ceuleneers Werkstätte sprechen hören – von kleinen Kindern, die ganze Tage lang Zigarrenkistchen zusammenzimmern mussten. Sie sah zu Rudolf hinüber, der dem Einwurf von Herrn Ceuleneer mit Interesse folgte.

»Man sagt, dass diese Leute von ihrem Lohn kaum existieren können«, gab er zu bedenken.

»Wenn wir die Löhne erhöhen, geht der ganze Betrieb Pleite«, sagte Regout kurz. »Dann verdienen die Arbeiter gar nichts mehr und verhungern mit Sicherheit. Das gilt für meine Arbeiter, für die des Herrn Ceuleneer und auch für die Bergarbeiter, für die sich Herr Pustjens so ins Zeug legt.«

»Ich hatte von diesem Bergwerk noch nie gehört«, sagte Frau de Vexela.

»Und ich frage mich auch, wie er zu all diesen Informationen kommt«, sagte Herr van Merckelbach. »Anscheinend kennt er jemanden, der in dieser Zeche gearbeitet hat.«

Emma bemerkte, dass sein Blick sie streifte.

»Das möchte ich bezweifeln«, widersprach der Baron. »Meiner Meinung nach denkt er sich das alles selber aus. Diese Kinderausbeutung klingt doch höchst unglaubwürdig. Liegt das Mindestalter nicht bei zehn Jahren?«

»Pardon«, mischte sich Rudolf ein. »Ich komme aus Kerkrade und bin in dieser Zeche gewesen. Es ist allgemein bekannt, dass beim Alter der Kinder oft die Vorschrift unterlaufen wird. Ich habe den Artikel von Herrn Pustjens nicht gelesen, aber das jedenfalls ist nicht übertrieben.«

Seine Tante warf ihm einen vorwurfsvollen Blick zu, während Edmond van Merckelbach seinem Neffen zustimmte:

»Das glaube ich auch. Es werden ja viele Reglements unterlaufen.«

Emma hatte mit der Weinflasche die Runde um den Tisch gemacht und wollte das Speisezimmer verlassen, als Herr Regout mit seiner Gabel auf sie wies.

»Ihr Dienstmädchen! Sie haben doch gesagt, sie habe in einem Bergwerk gearbeitet, nicht wahr?«

Erschrocken blieb Emma stehen und sah Frau van Merckelbach an, in der Hoffnung, diese werde sie hinauswinken, aber das tat sie nicht.

»Erzähl doch mal, Mädchen! Emma heißt du, nicht? Sind diese Geschichten nicht schrecklich übertrieben?«, fragte Herr Regout rundheraus.

»Ich… ich weiß es nicht, Herr Regout«, stammelte sie. »Ich kann nicht richtig lesen.«

»Hm«, brummelte er. »Nun ja, es ist auch nicht so wichtig. Was dieser Pustjens einfach nicht zur Kenntnis nehmen will, ist, dass diese Bergwerke ein Bedürfnis befriedigen, genau wie meine Fabriken es tun: Sie halten die Kinder von der Straße fern. Und ich habe mir berichten lassen, dass Kinder in den Bergwerken absolut unverzichtbar sind. Nur sie können durch die niedrigen Stollen kriechen.«

»Man könnte es auch andersherum sehen«, wandte Rudolf ein. »Gerade weil Kinder diese Arbeit machen, brauchen die Stollen nicht erhöht zu werden.«

Sein Onkel hüstelte hinter der Hand. Frau de Vexelas Miene drückte völliges Unverständnis aus. Dann sagte sie: »Ich verstehe gar nicht, warum Jean so etwas überhaupt druckt. Was für einen Neuigkeitswert hat das denn schon? Es gibt doch unzählige solcher Geschichten!«

»Vielleicht ist gerade das der Grund«, sagte Rudolf.

Spät am Abend halfen Emma und Marie den Gästen in die Mäntel. Rudolf ließ sich Zeit und richtete es so ein, dass er als einer der Letzten aufbrach.

Während Emma ihm die Jacke reichte, flüsterte er: »Emma, ich möchte dich gern sprechen. Wann bist du frei?« Mit einem Blick zu ihren Herrschaften, die in Hörweite ihre Gäste verabschiedeten, antwortete sie leise: »Donnerstag.«

»Komm Donnerstag zum Kleine Staat 14. Da wohne ich jetzt. In Ordnung?«

Emma bemerkte, dass Frau van Merckelbach zu ihnen herüberschaute, und nickte schnell. Als Rudolf gegangen war, eilte sie durch die Halle zur Küche hinüber. Sie spürte Frau van Merckelbachs Blicke im Rücken.

14

Am nächsten Morgen stand Volkert schon früh an der Küchentür. Emma war längst bei der Arbeit. Sie hatte das Kaminfeuer im Salon angezündet, Wasser aufgesetzt und jetzt musste sie schnell das Frühstück herrichten, ehe die Herrschaften aufwachten. Eigentlich hatte sie keine Zeit für ihren Bruder, aber er stand bereits mitten im Raum, ehe sie das überhaupt erwähnen konnte.

»Kann ich kurz hier bleiben, Em?«, fragte er.

In seinem Blick lag ein gehetzter Ausdruck, der Emma gar nicht gefiel.

»Was ist los?«, fragte sie.

»Nichts. Nur… nun ja, ich muss mal kurz abtauchen. Wenn ich einen Augenblick bei dir in der Küche sitzen kann….«

»Griet und Marie kommen jeden Augenblick!«

»Ja, und?«

»Volkert, ich hab keine Zeit, um mit dir in der Küche zu sitzen. Ich muss…«

»Ich weiß, dass du arbeiten musst. Du brauchst auch nicht bei mir zu sitzen. Lass mich einfach nur hier bleiben!«

Seine Stimme klang so verzweifelt, dass Emma nachgab.

»Na gut. Hast du schon gegessen? Soll ich schnell was für dich herrichten?«

»Ich hab seit gestern Morgen nichts mehr gegessen.«

Emma schaute ihren Bruder forschend an.

»Deine Kleider sind ja ganz weiß. Wo warst du denn?«

»In den Sankt-Pietersberg-Stollen. Ich musste ein Weilchen verschwinden.«

»Volkert…«

»Ich will nicht darüber reden, Emma. Je weniger du weißt, desto besser. Ich geh gleich und dann verlasse ich auch die Stadt.«

»Die Stadt? Und wohin gehst du?«

»Das werde ich schon sehen.«

»Hast du Geld?«

Volkert grinste. »Vorläufig schon. Ach ja, wo ist denn der Sack, den ich neulich hier gelassen hab?«

Emma runzelte die Stirn, dann schlug sie erschrocken die Hand vor den Mund.

»Den hab ich völlig vergessen. Der ist bestimmt noch im Kohlenkeller.«

»Er liegt wohl ziemlich tief, oder?«

»Sehr tief.«

Volkert verzog das Gesicht, krempelte die Ärmel hoch und machte Anstalten, in den Kohlenkeller zu gehen.

Emma schaute schnell über den Hof, wo Stan grüßend die Hand hob.

»Nimm die Schütte mit, dann denken sie, du holst Kohlen für mich«, sagte sie und drückte ihrem Bruder die Kohlenschütte in die Hand.

Volkert verschwand im Kohlenkeller. Es dauerte lange,

bis er wieder erschien. Lachend zeigte er seiner Schwester den Sack. Er wischte sich rasch die Arme sauber und nestelte ihn dann auf. Verstohlen sah Emma zu. »Er ist schwer, weil Werkzeuge drin sind«, erklärte er. Er spähte in den Sack und lachte, als er Emmas Blick bemerkte.

»Du kannst ruhig zugeben, dass du neugierig bist.«

Dann kramte er im Sack herum und legte sechs Guldenstücke auf die hölzerne Tischplatte.

»Die sind für dich«, sagte er.

Unschlüssig betrachtete Emma das Geld.

»Ich weiß nicht…«

»Was weißt du nicht? Ob du es annehmen sollst? Dann bist du nicht gescheit! Ich muss gehen, Schwesterherz. Pass gut auf dich auf!« Er umarmte sie, gab ihr einen Kuss auf die Wange, warf sich den Sack über die Schulter und eilte davon. Emma rannte in den Hof.

»Volkert!«, rief sie ihm nach. Ihr Bruder winkte, ohne sich umzuschauen. Hastig ging sie wieder in die Küche und schob das Geld vom Tisch in ihre Schürzentasche, ehe es jemand sah. Sechs Gulden!

Wenn ich es ausgebe, komme ich in die Hölle, warnte sie sich selbst. Aber irgendwie machte diese bedrohliche Aussicht nicht mehr so viel Eindruck auf sie wie früher.

Am Tag ihrer Verabredung mit Rudolf brachte Emma ihre Schnürstiefel auf Hochglanz und nähte am Morgen noch schnell einen neuen Kragen an ihr Kleid.

»Allmählich wird es wirklich zu klein, Emma«, sagte Griet missbilligend. »Guck doch mal, Kind! Der Saum ist schon zweimal ausgelassen und die Ärmel sind ganz verschlissen.«

»Ich hab meinen Lohn gerade nach Hause geschickt.«

»Hast du denn nichts für dich selbst zur Seite gelegt?« Kopfschüttelnd schaute Griet sie an.

Emma dachte an Volkerts Gulden.

»Ein bisschen schon …«

»Dann nimm es und kauf dir ein neues Kleid. Wirklich! Du brauchst doch Kleidung.«

Emma eilte hinauf und holte die Gulden aus ihrer Schlafnische. Griet hatte wirklich Recht. Schon im letzten Jahr war das Kleid ihr zu klein gewesen und nun lief sie immer noch damit herum. Im vergangenen Jahr war sie ziemlich gewachsen; vor allem das Mieder war viel zu eng geworden.

Emma zog den Mantel an, legte sich ein Tuch um und ging, mit ihren Gulden klimpernd, in die Stadt. Sie versuchte, nicht an die Herkunft des Geldes zu denken, und kaufte zitternd vor Glück, was sie sich so lange versagt hatte: ein neues Kleid.

Sie behielt es gleich an, doch als sie wieder auf der Straße stand, verflog ihre Freude schnell: Wie viele Tage hätten sie sich daheim von dem Geld, das sie gerade ausgegeben hatte, satt essen können?

Sie warf ihr altes Kleid in die Handkarre einer Lumpensammlerin und ging weiter bis zur Kapelle Unserer Lieben Frau. Ein Meer brennender Kerzen empfing sie.

Emma kaufte eine Kerze und zündete sie an einer anderen an. Dann kniete sie auf dem Gebetsbänkchen nieder und flüsterte: »Heilige Maria, Mutter Gottes, vergib mir. Beschütze meine Eltern, Elmer, Sofie und Mayke. Und vergib Volkert. Vergib mir!«

Während sie sich erhob und den Staub von ihrem neuen Kleid klopfte, hielt sie den Blick weiter auf die Marienfigur gerichtet. Dann ging sie zum Opferstock und steckte langsam und mit Nachdruck das gesamte restliche Geld in den Schlitz.

Im Kleine Staat hing ein neues Ladenschild. Emma sah es sofort und blieb vor einem alten, aber offensichtlich frisch gestrichenen Haus stehen. Tür und Fensterrahmen hatten gleichfalls frische Farbe und die Angeln des Aushänge-schilds über ihrem Kopf waren geölt, denn sie quietschten nicht. In eleganten Buchstaben stand am Giebel:

Rudolf Brandenburg

DAGUERREOTYPIE, PORTRÄTS

UND SALZDRUCKE

von verblüffender Ähnlichkeit

Emma betrat den Laden. Ein Glöckchen klingelte und Ru-dolf erschien. Offenbar war er gerade mit etwas beschäftigt gewesen, aber als er sie sah, lächelte er über das ganze Ge-sicht.

»Emma! Schön, dass du da bist!«

Sie schritt durch den dämmrigen Raum, in dem als einzi-ges Möbelstück ein Tresen auf dem Holzfußboden stand.

»Es ist noch ziemlich kahl«, entschuldigte er sich. »Aber der Rest kommt schon noch, wenn das Geschäft erst ein-mal läuft. Hier ist es auch recht dunkel. Hinten ist mehr Licht.«

Er führte Emma in den hinteren Raum. Hier schien die Sonne ungehindert durch die bis zur Decke reichenden Sprossenfenster. Auf einem hohen Gestell befand sich ein kleines viereckiges Kästchen unter einem schweren, dunk-len Tuch und an der Wand lehnten dicke Glasplatten zwi-schen Kisten mit rätselhaften Instrumenten.

»Dies wird das Studio«, erklärte Rudolf mit ausladender Gebärde und fügte nach einem Blick auf Emmas verständ-nisloses Gesicht hinzu: »Hier mache ich Porträtfotos von den Leuten. In England machen sie das schon seit ein paar Jahren. Jeder, der ein Porträt von sich haben will, kann hierher kommen. Mein Vater hat mir geholfen, das alles einzurichten.«

Emma schaute sich in dem »Studio«, wie Rudolf es nannte, um. Sie sah es geradezu vor sich, wie er mit seinen vornehmen Kunden hier saß. Oh ja, er würde ganz bestimmt Erfolg haben. Er war mit den reichen Bürgern vertraut, war gebildet, sprach Französisch und hatte gute Umgangsformen.

»Also hat dein Vater dir doch geholfen. Ich dachte, du hättest dir Geld von der Bank geliehen.«

»Das habe ich auch, aber man braucht auch Verbindungen, um ein Geschäft zu eröffnen. Mein Vater hat mir zu diesem Haus verholfen.«

»Dann findet er es also nicht mehr schlimm, dass du Fotograf werden willst?«

»Wenn es so weitergeht, ist er irgendwann stolz auf mich!«

Emma schaute sich weiter um und entdeckte ein kleines, stockfinsteres Kämmerchen.

»Was ist das?«

»Die Dunkelkammer. Da entwickle ich die Fotografien.«

»Und wo wohnst du?«

»Oben. Kommst du mit?«

Sie folgte ihm die Holztreppe hinauf. Oben befanden sich eine Stube, ein Schlafzimmer und eine kleine Küche. Die Sonne fiel schräg herein, auf einen liebevoll gedeckten Tisch mit allerlei Leckereien. In der Mitte lag ein Exemplar des *Courant de Maastricht*, der Zeitung von Jean Pustjens. Emma wandte sich um und bemerkte, dass Rudolf gespannt auf ihre Reaktion wartete.

»Ich *musste* die Geschichte über das Bergwerk einfach lesen, das wirst du verstehen«, sagte er. »Von Hedwig Rutten habe ich zwar noch nie etwas gehört, aber ihre Geschichte hat mich sehr an jemanden erinnert.«

Sie lächelte.

»Haben mein Onkel und meine Tante es nicht durchschaut?«, erkundigte er sich, während er ihr einen Stuhl zurechtrückte.

Sie setzte sich. »Ich fürchte, ja. Aber noch hat mich niemand ausdrücklich gefragt, ob es meine Geschichte ist.«

»Und wenn sie es tun?«

»Dann werde ich nicht lügen können und das wird wohl bedeuten, dass ich meine Stellung verliere.«

»Ein hoher Preis.«

»Für mich schon. Aber vielleicht nützt es Sofie, Mayke und Elmer eines Tages.«

Er schaute sie warmherzig an.

»Du bist ein ganz außergewöhnliches Mädchen, Emma. Das wusste ich von Anfang an und ich glaube, Herr Pustjens hat es auch gespürt.«

Beim Essen musterte Emma Rudolf unauffällig. Er hatte sich verändert und das lag nicht nur an der weniger vornehmen Kleidung und dem wirren Haar; es hatte eine tiefere Ursache. In dem Jahr, in dem sie einander nicht gesehen hatten, war er erwachsen geworden. Sie spürte ein seltsames Kribbeln in der Magengegend.

Sie beendeten ihre Mahlzeit.

»Jetzt werden wir eine Fotografie von dir machen. Das wollte ich schon immer. Du willst doch fotografiert werden?«

»Gern!«

Sie gingen hinunter ins Studio und Emma nahm auf dem Stuhl Platz.

Sorgsam strich sie ihr neues Kleid glatt. Ihr gegenüber stand die Kamera: das viereckige Kästchen mit dem dunklen Tuch darüber.

Rudolf schob eine Platte in die Kamera. »Nicht bewegen!«, mahnte er. »Du musst wirklich ganz still sitzen, sonst misslingt es.«

Emma legte die Hände locker übereinander in den Schoß und saß, so still sie konnte. Regungslos blickte sie auf das Kästchen. Als Rudolf das Bild gemacht hatte, entspannte sie sich und sah ihn lächelnd an.

»Ist es fertig?«

»Noch lange nicht!«

Rudolf ging mit der Platte in die Dunkelkammer, sie folgte ihm neugierig. An der Wand stand ein langer Tisch voller Geräte.

»Diese Platte habe ich durch Erhitzen von Jodkristallen lichtempfindlich gemacht. Der Dampf, der dabei entsteht, überzieht sie mit einer Schicht Silberjodid«, erklärte er. »Diese Platte setzt man in die Kamera ein, dann kann man die Aufnahme machen. Jetzt werde ich das Bild entwickeln: Ich hänge die Platte in einem Schuber über eine Schale mit Quecksilber und erhitze sie mit einem Spiritusbrenner – hier, mit diesem Ding.«

Er setzte das kleine Gerät in Gang und sofort schoss eine blaue Flamme heraus. Emma beobachtete Rudolfs Tätigkeit fasziniert. Sie begriff nichts von seinen Erklärungen über das entstehende Amalgam und die weitere Behandlung der Platte. Sie wusste nur, dass sich ein Wunder vollzogen hatte, als schließlich ihr Bild auf der Platte erschien. Völlig verblüfft betrachtete sie ihr eigenes Gesicht.

»Wie findest du es?«, fragte er stolz.

»Großartig!« Ehrfürchtig beugte sie sich über die Fotografie. »Ich bin es tatsächlich. Wie ist das nur möglich?«

»Das ist die Daguerreotypie, benannt nach einem Franzosen, Herrn Daguerre«, antwortete er. »Aber Fox Talbot, ein Engländer, hat noch etwas anderes entwickelt: lichtempfindliches Papier. Damit kann man Fotografien auf Papier drucken statt auf Platten. Die Daguerreotypie erbringt eine schärfere Abbildung, die Salzdrucke auf Papier sind weniger scharf, dafür aber viel billiger. Ich mach beides. Das Interesse an der Fotografie ist sehr groß. Weißt du, wer mich gebeten hat, Bilder zu machen? Petrus Regout.«

»Sicher von seiner Familie«, vermutete Emma.

»Und von der Fabrik. Er hat schon einige Zeichnungen von dem Gebäude und möchte jetzt auch Fotografien haben. Die Fabrik ist sein Lebenswerk. Er ist unglaublich stolz darauf.«

»Und wirst du es machen?«, fragte sie.

»Natürlich, das ist meine Arbeit.«

»Hast du noch mehr Aufträge?«

»Sie strömen nur so herein!«

»Trotz allem, was du beim Diner zu sagen gewagt hast?«

Rudolf schmunzelte. »Jeder ist eitel.«

»Ich habe mich ein wenig in Kerkrade umgehört«, begann Edmond van Merckelbach. »Mein Schwager teilte mir mit, es habe zwar eine Familie Rutten in der Zeche gearbeitet, aber keine Hedwig Rutten. Und ein Mädchen dieses Namens hat es dort auch nie gegeben.«

Emma stand regungslos im Salon, wohin man sie gerufen hatte. Die schweren Samtvorhänge waren wegen der Sonne geschlossen, sodass der Raum in sanftes Dämmerlicht getaucht war.

Aletta van Merckelbach saß sehr aufrecht und mit im Schoß gefalteten Händen auf dem Sofa.

»Warum hast du das getan, Emma?«, fragte sie. »Warum hast du unser Vertrauen missbraucht?«

Emma blickte von einem zum anderen. Sie hatte nichts mehr zu verlieren, das sah sie den Gesichtern ihrer Herrschaft an.

»Ich konnte nicht anders«, antwortete sie.

Frau van Merckelbach erhob sich: »Du leugnest also nicht, dass es deine Geschichte ist? Dass du es bist, die Jean das alles erzählt hat?«

»Nein«, sagte Emma.

Herr van Merckelbach schaute sie aufmerksam an.

»Seine Artikel rufen große Unruhe bei den Arbeitern hervor, Emma. Kannst du dir vorstellen, was das bedeutet? Aufstände, Proteste, Streiks! Wir haben das alles schon erlebt. Der größte Teil der Arbeiter wurde beim letzten Streik entlassen und die Schwachen und Kranken haben den folgenden Winter nicht überlebt. Ich weiß, was dich bewegt, Emma, und ich habe volles Verständnis dafür. Aber es wird nur Elend, Aufruhr und Gewalt bewirken!«

Emmas Herz hämmerte.

»Ich bin also entlassen«, sagte sie leise.

Herr van Merckelbach wechselte einen Blick mit seiner Frau.

»Nein«, sagte er schließlich. »Du bist nicht entlassen. Du bist ein gutes Dienstmädchen, arbeitest eifrig und bist vertrauenswürdig. Zudem können wir, wie ich schon sagte, Verständnis dafür aufbringen, dass du dich für deine Leute einsetzt. Bisher hat noch niemand durchschaut, dass du hinter Jeans Geschichten stehst, also wollen wir es dabei belassen. Du bleibst hier im Dienst. Allerdings musst du versprechen, dass du dich von jetzt an von Jean Pustjens und seinen Machenschaften fern hältst.«

Emma schwirrte der Kopf. Sie hatte es kommen sehen, sie hatte auch gewusst, was sie tun würde, wenn man sie vor die Wahl stellte. Aber jetzt, da es so weit war, wurde ihr bang – bang vor der Zukunft. Und doch konnte sie nicht anders.

»Es tut mir Leid«, sagte sie, »aber das kann ich nicht versprechen.« Die Stille, die ihren Worten folgte, lag schwer in dem dämmrigen Raum. Edmond van Merckelbach räusperte sich.

»Mir tut das auch Leid«, sagte er. »Denn das bedeutet, dass wir dich nicht bei uns in Stellung behalten können.«

»Ich werde meine Sachen packen.«

So ruhig und würdig sie konnte, verließ Emma den Raum. Sie knickste nicht.

»Emma«, sagte Frau van Merckelbach, »du musst nicht sofort das Haus verlassen. Heute fährt keine Postkutsche mehr. Du kannst also bis morgen früh bleiben.«

»Vielen Dank«, sagte Emma und schloss die Tür hinter sich.

Sie ging in die Küche, wo Griet und Marie Silber putzten. Geistesabwesend verfolgte Emma ihre Handbewegungen.

»Was ist los?«, fragte Marie. »Du bist so blass.«

Griet musterte Emma aufmerksam.

»Ich bin entlassen«, sagte Emma.

»Oh Gott!«, sagte Marie erschrocken. »Warum denn?«

»Also doch«, meinte Griet niedergeschlagen.

Emma hatte keine Lust, Erklärungen abzugeben. Schnell zog sie ihren Mantel an und verließ das Haus durch die Küchentür.

Draußen war schönes Wetter. Die Sonne schien herrlich und eigentlich war ihr der Mantel viel zu warm. Sie zog ihn aus und nahm ihn über den Arm. Von der Boschstraat schaute sie zu den schweren Vorhängen am Salonfenster hinauf und atmete tief die frische Luft ein. Sie hob das Gesicht zur Sonne, aber genießen konnte sie es nicht.

Was nun? Wo sollte sie hin? Ihr fiel nur eine Möglichkeit ein: zurück nach Kerkrade.

Ihr Herz machte einen Freudensprung: nach Hause! Oh, wie sie alle vermisste!

Aber bei dem Gedanken an das Bergwerk erstarrte sie. Wenn sie jetzt nach Hause zurückkehrte, würde es für immer sein. Sie hatte ihre Chance bekommen und verspielt.

Langsam ging sie durch die Straßen und Gassen, in denen die Sonne den Schlamm auf dem Boden in eine Schicht aus Staub und Sand verwandelt hatte. Wie von selbst trugen ihre Füße sie zum Kleine Staat. Sie wollte zu Rudolf, doch seine Ladentür war verschlossen. Niedergeschlagen lugte sie durch die Scheibe: niemand zu sehen. Sie konnte doch nicht fortgehen, ohne Abschied zu nehmen! Vielleicht war Jean Pustjens bereit, Rudolf zu benachrichtigen. Emma wandte sich um und machte sich auf den langen Weg zur Helstraat. Bei dem schönen Wetter spielte sich das Leben vor allem auf der Straße ab. In dem Viertel um die Stokstraat war überall Wäsche an den Giebeln zum Trocknen aufgehängt. Frauen saßen in den offenen Türen, schälten Kartoffeln und plauderten miteinander.

Die Helstraat war schmal und führte in Kurven bis zum Heltor. Pustjens' Druckerei lag etwa in der Mitte. Emma trat ein.

Jean Pustjens saß hinter Papierstapeln an seinem Schreibtisch.

»Emma! Was führt dich hierher?«

»Herr und Frau van Merckelbach haben herausbekommen, dass ich hinter der Geschichte über das Bergwerk stecke«, fiel sie mit der Tür ins Haus. »Ich bin entlassen.«

Pustjens erhob sich langsam. »Sie haben dich *entlassen*?«

»Nun ja… nicht direkt. Oder doch, ja, eigentlich schon. Ich musste versprechen, mit dieser Geschichte aufzuhören.«

»Und du hast dich geweigert«, sagte er ahnungsvoll.

Er trat ans Fenster und schaute hinunter auf das Gewimmel von Leuten und Handkarren in der Straße. Als er sich Emma wieder zuwandte, sah er nachdenklich aus.

»Und jetzt? Was tust du jetzt?«

»Ich werde wohl nach Hause gehen.«

»Nach Kerkrade? Zurück ins Bergwerk?«

»Ja.«

»Ich habe einen anderen Vorschlag. Ich könnte dich gut für verschiedene Arbeiten hier in der Druckerei gebrauchen... Zeitungen falten, Drucklettern staubfrei halten, solche Dinge. Und ich würde dafür sorgen, dass du richtig lesen und schreiben lernst. Anschließend sehen wir weiter. Du hast Möglichkeiten. Was hältst du davon?«

Emma sah ihn an, als fürchte sie, nicht richtig gehört zu haben.

»Sie... Sie nehmen mich in Dienst?«, stotterte sie.

»Das ist meine Absicht, ja. Das heißt, wenn du es willst.«

»Wenn ich will? Gern, nur zu gern! Ich werde arbeiten, so hart ich kann, das verspreche ich!«, rief Emma und wurde rot vor Aufregung.

»Wo sind deine Sachen?«, erkundigte sich Jean Pustjens. »Noch bei van Merckelbachs? Dann hol sie doch gleich! Ich kenne eine Zimmervermieterin, die nicht viel verlangt. Bei ihr bist du sicher gut aufgehoben.«

»Ich weiß nicht, wie ich Ihnen danken soll!« Emmas Stimme zitterte leicht. »Ich dachte, ich würde nie mehr eine Chance bekommen.«

»Du fängst aber ganz unten an!«, warnte er.

»Nein«, widersprach Emma. »Ganz unten war ich schon.«

15

Emma stand in der Druckerei und faltete Zeitungen. Sie war nun schon seit einigen Tagen bei Pustjens. Griet war froh gewesen, als sie hörte, dass er ihr Arbeit angeboten hatte und sie nicht nach Kerkrade zurückmusste.

»Ich bin stolz auf dich, Kind«, hatte die Köchin herzlich gesagt und Emma in einer mütterlichen Umarmung fast erdrückt. »Du bist eine Kämpfernatur!«

In der Druckerei gab es viel Arbeit. Emma dachte daran, dass sich immer noch keine Möglichkeit ergeben hatte, bei Rudolf vorbeizuschauen und ihm von ihrer neuen Tätigkeit zu erzählen.

Rudolfs Studio entwickelte sich hervorragend. Das Interesse für die neue Erfindung, Fotografie genannt, war überwältigend und er war auf dem besten Wege, einer der bekanntesten Einwohner von Maastricht zu werden.

»Hast du schon mal was von diesem Fotografen im Kleine Staat gehört?«, fragte Jean Pustjens, als könnte er Gedanken lesen.

»Ich kenne ihn«, antwortete Emma.

»Du kennst ihn?«

»Ja. Er heißt Rudolf Brandenburg.«

»Brandenburg, ja. Tatsächlich. Warum kommt dieser Name mir so bekannt vor?«, überlegte er. »Warte mal, diese Familie aus Kerkrade! Ist er das? Der junge Mann, mit dem du im Bergwerk eingeschlossen warst?«

»Ja.«

»Na so was!«, sagte Jean. »Er macht sich also einen Namen. Ich hab gehört, dass Petrus Regout sehr angetan war von den Fotografien, die er von seiner Fabrik gemacht hat. Das ganze Viertel war auf den Beinen, als dieser Brandenburg dort mit seinem Apparat tätig war.«

»Er hätte lieber Fotos von dem machen sollen, was sich *in* der Fabrik abspielt.« Emma warf schwungvoll einen großen Stapel gefalteter Zeitungen auf einen Karren.

»Tja…« Jean Pustjens musterte sie nachdenklich. »Im Augenblick hat er eine Ausstellung seiner Fotografien in der Bredestraat. Die solltest du dir mal ansehen, Emma.«

»Warum? All diese vornehmen Porträts interessieren mich überhaupt nicht!«

»Eine solche Ausstellung ist etwas Neues. So etwas hatten wir hier noch nie. Schau sie dir an und sag mir, was du davon hältst.«

Emma verstand nicht so recht, warum Pustjens ihre Meinung so wichtig war. Dennoch kam sie seiner Bitte nach und machte sich, nun doch ein wenig neugierig, auf den Weg.

Es herrschte strahlendes Sommerwetter und so schlenderte sie ganz gemächlich zur Bredestraat. Vor einem vornehmen Gebäude blieb sie stehen.

Rudolfs Geschäfte liefen so gut, dass er extra für die Ausstellung das Erdgeschoss gemietet und in Stand gesetzt hatte.

Die Tür stand offen und Emma betrat den Korridor. Eine Gruppe feiner Leute drängte sich auf dem Weg zum Ausgang an ihr vorbei. Ihre Gesichter drückten Missbilligung aus und sie redeten mit hohen, empörten Stimmen durcheinander.

Mit einigem Erstaunen schaute Emma ihnen nach. Sie strich sich die Kleidung glatt und betrat den großen Raum. Durch die hohen Fenster fiel das Sonnenlicht ungehindert herein; die Fotografien an den weiß getünchten Wänden zogen sofort die Aufmerksamkeit auf sich.

In dem Raum herrschte eine gewisse Spannung. Hier und da sprachen Leute leise über die Bilder, andere gingen fort, nachdem sie einen flüchtigen Blick in die Runde geworfen hatten. Emma hielt nach Rudolf Ausschau. Er hatte ihr den Rücken zugewandt und sprach mit zwei Herren. Sie waren wohl in ein ernstes Gespräch vertieft und wiesen ab und zu auf eine Fotografie, vor der sie gerade standen.

Emma war sich nicht sicher, ob Rudolf sie gesehen hatte. Um sich den Anschein einer interessierten Besucherin zu geben, ging sie an den Fotografien entlang, tat, als widme sie ihnen alle Aufmerksamkeit – und erschrak zutiefst. In einem auffallend schönen Rahmen hing da eine Fotografie von Zigarrenkisten zimmernden Kleinkindern. Der Kontrast zwischen den ausgezehrten Kindergesichtchen und dem vergoldeten Rahmen sprang derartig ins Auge, dass es ihr den Atem verschlug.

Schnell schaute sie zu Rudolf hinüber, der ihr noch immer den Rücken zuwandte. Langsam ging sie weiter. Kinder in Lumpen, Kinder an glühenden Öfen mit Tüchern um Kopf und Hände, Kinder, die in Armenvierteln in Abfallhaufen wühlten, Kinder an Maschinen, barfuß und in Lumpen gekleidet.

Emma suchte nach Porträts von steif dasitzenden reichen Familien, doch wohin sie auch blickte, überall sah sie Elend und Armut.

Langsam wandte sie sich um. Rudolf war noch immer im Gespräch, aber über die Schultern der zwei Herren schauten sie einander an. Emma drehte sich wieder um und richtete den Blick auf eine Fotografie, ohne sie wirklich zu sehen. Sie hörte, wie sich Rudolf von den beiden Besuchern verabschiedete, hörte Schritte auf sich zukommen und neben sich verharren. Wortlos schaute auch Rudolf auf die Fotografie, vor der Emma stand. Erst jetzt drangen die vagen schwarzen und grauen Flecken in ihr Bewusstsein, fügten sich zu einem Bild, das sie kaum fassen konnte. Es war Sofie, mit hochgezogenen Schultern und einem um den Kopf geschlungenen wollenen Tuch. Hinter ihr türmte sich der Schlackenberg auf, hob sich drohend gegen den bewölkten Himmel ab.

Still betrachtete Emma den leeren Blick in Sofies Augen – Augen, die jetzt für ganz Maastricht sichtbar waren…

Sie fühlte, dass Rudolf ihre Hand ergriff. Und ohne zu zögern, schloss sie ihre Finger fest um die seinen.

Nachwort

Zwischen 1850 und 1870 gab es noch keine Sozialgesetze. Kinderarbeit war etwas ganz Normales und die Niederlande waren nicht gerade Vorreiter im Kampf dagegen. Während in England schon 1833 ein Verbot erlassen wurde, Kinder unter neun Jahren einzustellen, wurde in den Niederlanden erst 1874 etwas unternommen. Damals legte der liberale Abgeordnete Samuel van Houten ein Gesetz gegen die Kinderarbeit vor, das vom Parlament angenommen wurde. Sein zweiter Gesetzentwurf, die Einführung der allgemeinen Schulpflicht, wurde jedoch abgelehnt. Dadurch war es unmöglich, die Einhaltung des Gesetzes gegen Kinderarbeit zu kontrollieren, sodass das »Kindergesetz von van Houten« leicht unterlaufen werden konnte.

Auf ein Gesetz zur allgemeinen Schulpflicht mussten die Kinder noch bis 1900 warten.

In den Bergwerksgebieten wurde am 1. Januar 1856 endlich eine Unterstützungskasse für kranke und invalide Bergleute gegründet. Als Mitglied dieser Kasse erwarb man zugleich das Recht auf unentgeltlichen Unterricht für seine

Kinder. Die Eltern waren verpflichtet, ihre Kinder im Alter zwischen sechs und vierzehn Jahren zur Schule zu schicken. Taten sie das nicht, wurde ihre Mitgliedschaft gestrichen. Aber man kann sich leicht vorstellen, dass viele Eltern die Einkünfte ihrer Kinder so dringend brauchten, dass sie diese Strafe auf sich nahmen. Aus einem Bericht von 1860 geht hervor, dass nicht einmal einer von hundert Arbeitern lesen und schreiben konnte.

Als man im Jahre 1866 Pferde in den Bergwerken einsetzte, wurde die Arbeit der Kumpel etwas leichter. Die Tiere wurden in großen Netzen oder Lederriemen mit Winden hinabgelassen. Da dies zeitraubend und gefährlich war, richtete man schon bald Ställe unten in den Zechen ein, sodass die Tiere nie mehr das Tageslicht erblickten. Erst in den Neunzigerjahren des 19. Jahrhunderts kam die moderne Bergwerksindustrie in Limburg auf. Die Anzahl der Zechen wuchs schnell und man baute bis ins 20. Jahrhundert hinein Steinkohle ab – eine schwere und ungesunde Arbeit, die Invalidität und Silikose, die gefürchtete Staublunge, verursachte.

Nach dem Zweiten Weltkrieg wurde Steinkohle dringend gebraucht. Im letzten Kriegswinter waren viele Menschen durch die Kälte krank geworden und so appellierte man an das Verantwortungsgefühl der Bergleute: Die Kohleproduktion musste unbedingt gesteigert werden. Und die Bergarbeiter packten an, ohne Rücksicht auf die eigene Gesundheit und oft unter Lebensgefahr.

In den Jahren 1965 bis 1969 wurde eine Zeche nach der anderen geschlossen. Die Folge war eine enorme Arbeitslosigkeit, vor allem in Kerkrade. Die Schächte wurden geschlossen, die Halden abgebaut oder in Skipisten verwandelt. Was blieb, waren die Silikosekranken, die man in Sanatorien aufnahm, wo sie ihre letzten Tage an Sauerstoffgeräten verbrachten.

Mar ins woastje d'r maan woë Limburg op bouwde,
eë koale bleef make bis zieng heng d'rvan blowde.
De sjachte leet driëne en treine doog goa;
doe has dich gegeëve – en noe zitste doa.

Einst warst du der Mann, auf den Limburg baute,
der Kohle schlug, bis die Hände ihm bluteten,
der Zechen in Schwung hielt und Züge in Fahrt.
Du hast dich geopfert – jetzt bist du allein.

Worterklärungen

Beleuchtung	Bis 1850 wurden die Häuser mit getrockneten Riedhalmen, Kerzen, Rapsöllampen und glühenden Kienspänen beleuchtet. Danach gewann die Petroleumlampe immer mehr an Bedeutung, vor allem in den Städten.
bewettern	be- und entlüften
Firste	Stollendecke
Glück auf	Internationaler Bergarbeitergruß (komm *glück*lich wieder her*auf*!)
Hauer	Bergmann
Sankt Pietersberg	In Sankt Pietersberg, südlich von Maastricht, befindet sich ein kilometerlanges Gänge- und Höhlensystem vom früheren Tuffsteinabbau. Es hat vielen Flüchtlingen als Versteck gedient.
Sohle	Fußboden eines Stollens; auch: Geschoss, Stockwerk im Bergwerk
Steiger	Aufsichtsperson im Bergbau
Stempel	Stützbalken (Holzbalken, die die Firste stützten)

Stollen Waagerechter oder geneigter Gang in einem Bergwerk (nach heutigem Sprachgebrauch mit einem direkten Ausgang zum Tageslicht, z. B. an einem Berghang. Hier sind Gänge gemeint, die vom Schacht abzweigen und innerhalb des Berges enden.)

Streb Kohleabbaufront zwischen zwei Stollen

Wettertür Tür zur Be- und Entlüftung der Stollen

Zeche Bergwerk

Zichorie Pflanze, deren gemahlene und geröstete Wurzel als Kaffeeersatz dient.

Simone van der Vlugt
Sandrine
Eine Liebe in den Zeiten der Revolution

224 Seiten   cbt 30062

Paris, 1789: Kalt rechnen die Jakobiner mit dem Adel ab. Nur knapp entkommt Baronesse Sandrine dem Tod durch die Guillotine. Bei einer Schusterfamilie findet sie Unterschlupf und Arbeit. Sie verwandelt sich in Sandrine Lambertin, die Nichte des Schusters. Doch die Gefahr, entdeckt zu werden, wächst, als sich der Revolutionär Philippe in sie verliebt.

Simone van der Vlugt
Amelie
Das Mädchen und der Pirat

224 Seiten   cbt 30029

Als Junge verkleidet heuert Amelie auf einem Kaufmannsschiff
an. Doch Seeräuber kapern den Segler und finden Amelies
Identität heraus. Immer wieder stellt sich der Kapitän der
Freibeuter Reinald van Veghel schützend vor Amelie,
um Übergriffe der Mannschaft zu verhindern. Eifersüchtig
verfolgen die Männer, wie das Mädchen und der Pirat sich näher
kommen. Bald ist die Situation an Bord unerträglich.

www.bertelsmann-jugendbuch.de

Ursula Isbel
Das Haus der flüsternden Schatten
Das schwarze Herrenhaus

320 Seiten   cbt 30252

Zwei Romantik-Thriller in einem Band!

Valerie ist nicht zum ersten Mal in dem Landhaus oberhalb der irischen Steilküste. Sie kennt den Ort genau – aus ihren Träumen! Ein merkwürdiges Band verbindet sie, ein Geheimnis, das weit in der Vergangenheit liegt.

In der Toskana lernt die Norwegerin Unn einen jungen Mann kennen, einen Mann, der seit langem tot ist. Was will er von Unn? Und wieso verfolgt er sie?

www.bertelsmann-jugendbuch.de

Genevieve Hill (Hg.)
Das verschwundene Mädchen
Die Aufzeichnungen der Idilia Dubb

224 Seiten   ISBN 3-570-12745-1

1863 werden auf Burg Lahneck menschliche Gebeine entdeckt. Daneben: das Tagebuch der 17-jährigen Idilia Dubb, das Protokoll ihrer romantischen Rheinreise – und das Protokoll ihres Sterbens. Zwölf Jahre zuvor war sie allein auf den Burgturm gestiegen, als plötzlich die Leiter hinter ihr zusammenbrach und Idilia in Schwindel erregender Höhe gefangen war.

Erstveröffentlichung: Idilia Dubbs lange verschollenes Tagebuch.

C. Bertelsmann JUGENDBUCH
www.bertelsmann-jugendbuch.de